Rapunzel e outros contos de Grimm

Título original: *Kinder- und Hausmärchen*

Direção Editorial *Ethel Santaella*
Tradução e Adaptação *Monteiro Lobato*
Ilustração Capa Frederick Richardson 1930

REALIZAÇÃO

GrandeUrsa Comunicação

Direção *Denise Gianoglio*
Revisão *Diego Cardoso*
Capa, Projeto Gráfico e Diagramação *Idée Arte e Comunicação*

Em respeito ao estilo do tradutor, foram mantidas as preferências ortográficas do texto original, modificando-se apenas os vocábulos que sofreram alterações nas reformas ortográficas.

Dados Internacionais de Catalogação na Publicação (CIP)
(Câmara Brasileira do Livro, SP, Brasil)

Lobato, Monteiro, 1882-1948
Rapunzel e outros contos de Grimm / Jacob Grimm, Wilhelm Grimm ; tradução e adaptação Monteiro Lobato. -- 1. ed. -- São Paulo : Lafonte, 2021.

Título original: Kinder- und Hausmärchen
ISBN 978-65-5870-119-4

1. Contos - Literatura infantojuvenil 2. Literatura infantil I. Grimm, Jacob, 1785-1863. II. Grimm, Wilhelm, 1786-1859.

21-68843 CDD-028.5

Índices para catálogo sistemático:

1. Contos : Literatura infantil 028.5
2. Contos : Literatura infantojuvenil 028.5

Aline Graziele Benitez - Bibliotecária - CRB-1/3129

Editora Lafonte
Av. Profª Ida Kolb, 551, Casa Verde, CEP 02518-000, São Paulo-SP, Brasil
Tel.: (+55) 11 3855-2100, CEP 02518-000, São Paulo-SP, Brasil
Atendimento ao leitor (+55) 11 3855- 2216 / 11 – 3855 - 2213 - atendimento@editoralafonte.com.br
Venda de livros avulsos (+55) 11 3855- 2216 - vendas@editoralafonte.com.br
Venda de livros no atacado (+55) 11 3855-2275 - atacado@escala.com.br

Rapunzel e outros contos de Grimm

por Monteiro Lobato

Brasil, 2021

Lafonte

Índice

{ Blanche Fisher Laite . 1923 }

Rumpelstiltskin

Era uma vez um moleiro muito prosa, que tinha uma filha linda. Foi o moleiro falar com o rei e, para mostrar importância, gabou-se de que sua filha era danada, pois sabia transformar palha em fios de ouro. O rei arregalou os olhos pensando lá consigo: "Está aí um excelente negócio para mim!". Esse rei era um verdadeiro poço de ambição. Nada lhe chegava. Foi assim que se voltou para o moleiro e disse:

— Muito bem, se sua filha é tão engenhosa como diz, traga-a ao palácio amanhã. Quero submetê-la a uma prova.

No dia seguinte, veio a moça, e o rei a conduziu a

uma sala cheia até o forro de palha de trigo, com uma roca de fiar num canto.

— Aqui tem esta roca de fiar, disse o rei. Já que a senhora sabe transformar palha em fios de ouro, faça isso de toda esta palha. Do contrário, já sabe o que acontece: será condenada à morte.

Trancou a sala e foi-se. A pobre moça, ao ver-se sozinha, rompeu em choro, porque era mentira pura a tal história do moleiro.

Estava a coitadinha na maior aflição, sem saber o que fazer, quando a porta ringiu e um anãozinho apresentou-se muito lampeiro.

— Boa noite, linda donzela!, disse ele. Que é que a faz chorar desse modo tão triste?

— Ai de mim!, suspirou a jovem. O rei mandou-me transformar toda esta palha em fios de ouro e não sei como me arranjar.

— Hum!, exclamou o anãozinho, piscando um dos olhos cavorteiramente. Que me dá, moça, se eu fizer esse lindo serviço?

— O que dou? Dou este colar — respondeu ela, apontando para o colar que trazia ao pescoço.

O anãozinho tomou o colar, examinou-o e guardou-o no bolsinho; em seguida, sentou-se à roca e girou três vezes a roda. Imediatamente, uma bobina apareceu cheia — e cheia de fios de ouro! Pôs outro carretel na roca e fez o mesmo — e assim trabalhou a noite inteira, até que pela madrugada só havia ali bobinas cheias de fios de ouro — e palha nenhuma.

Quando, ao nascer do sol, o rei veio ver se suas ordens haviam sido executadas, abriu a boca de espanto ao dar com toda a palha transformada em fios de ouro. Em vez de contentar-se com isso, porém, quis mais, e levando a moça para outra sala, ainda maior e também cheia até em cima de palha, intimou-a a fazer ali o mesmo.

— Se não estiver amanhã cedo tudo isto transformado em fios de ouro, a senhora já sabe o que acontece.

A pobre moça esfriou. Da primeira vez o anão a tinha ajudado. Mas, e agora? Voltaria? E ficou muito triste a pensar no caso. Súbito, a porta ringiu e o anão apareceu.

— Oh, mais palha!, disse ele, piscando o olhinho. Que me dá agora se eu fizer o mesmo serviço de ontem?

— Dou este anel, disse a moça, tirando um anel do dedo.

O anão aceitou o anel, depois de bem examiná-lo, e

imediatamente começou a fiar, e fiou toda a palha, e, antes de vir a manhã, o serviço estava pronto.

O rei veio muito cedo e mais uma vez rejubilou-se com a ourama que havia conseguido.

Sua ambição, porém, cresceu ainda mais. Levou a moça para a sala maior de todas e tão socada de palha que só ficara o lugarzinho para a roca de fiar.

— E agora, minha cara, é fiar todo este palhame, se não... Mas mudou de ideia. Viu que a filha do moleiro era uma verdadeira preciosidade e propôs: se fiar toda esta palha, casará comigo e ficará sendo a rainha.

A moça ficou à espera do anão, que sem demora apareceu.

— Hum! Temos serviço hoje! Vamos ver: que me dá se eu fiar toda essa palha?

A moça ficou atrapalhada.

— Nada mais possuo, murmurou ela. Já dei tudo quanto tinha comigo.

— Nesse caso, prometa-me dar o primeiro filho que tiver depois que se casar com o rei, propôs o anão.

A moça não estava acreditando muito naquele casamento, e para sair-se dos apuros prometeu dar ao anão o seu primeiro filhinho. No mesmo instante, ele se pôs a fiar e deu conta do recado em poucas horas. Fiou toda a palha da sala, sem deixar um fiapo.

Quando, pela manhã, o rei veio ver o serviço, ficou radiante. Só havia ali bobinas e mais bobinas de lindos fios de ouro — e palha nenhuma. Resolveu então cumprir a promessa — e casou-se com a filha do moleiro.

Um ano mais tarde, a jovem rainha teve uma criança loura que era um anjo de beleza. Mas a mãe não pôde regalar-se com aquela felicidade, porque a porta ringiu e o anãozinho apareceu. Vinha reclamar a criança prometida. A rainha, que nem mais se lembrava do pacto, ficou assustadíssima, e ofereceu-lhe em troca todos os tesouros do reino. Que levasse tudo, menos aquele amor de criança. O anão respondeu:

— Nunca! Prefiro ter comigo uma criaturinha humana a ter todos os tesouros da Terra.

A rainha pôs-se a chorar, a torcer as mãos — e tanto se lamentou que o anão teve dó dela.

— Pois bem, disse ele. Dou-lhe três dias de prazo. Se durante esse tempo puder adivinhar o meu nome, desistirei de levar a criança.

A rainha pulou de contente e passou a noite inteira decorando quanto nome existe nos dicionários, e além disso mandou que um mensageiro corresse todo o reino catando mais nomes.

Na manhã seguinte, o anão apareceu e ela experimentou todos os nomes que sabia. Experimentou Gaspar, João, Sinforoso, Epaminondas, Pulquério, Teodureto, Aristogiton, Eustáquio, etc. A cada um, entretanto, o anão exclamava:

— Errou. Não é esse o meu nome.

No segundo dia a rainha estudou mais nomes, e escolheu os mais esquisitos, como Costela-de-Carneiro, Unha-de-Vaca, Coração-de-Leão, Barbatana-de-Baleia, etc. Mas a resposta do anão era sempre a mesma:

— Errou. Não é esse o meu nome.

No terceiro dia, chegou o mensageiro e correu ao palácio.

— Andei por todo o reino, disse ele, e não descobri nome nenhum fora os já conhecidos. E levei um susto. Imagine a senhora que, ao passar pela beira duma floresta, vi lá no fundo uma casinha muito pequenininha, com uma fogueira na frente. Fui espiar — e dei com um anãozinho muito feio, a dançar em volta do fogo com uma perna só. Dançava e cantava.

— Que cantava ele?

— Cantava uma trapalhada assim:

Rum – rom, rim, rem, ram,

Pels – pils, pols, puls, pals,

Til – tol, tul, tal, tel,

Ts – ts, ts, ts, ts,

Kin – kon, kun, kan, ken.

A rainha decorou a trapalhada e pôs-se a pensar no que poderia significar. E tanto pensou que apanhou o segredo. Nisto, a porta ringiu e o anãozinho foi aparecendo, lampeiro como sempre.

— Vamos lá ver isso, majestade, disse ele. Como me chamo, diga?

— Conrado?, experimentou a rainha, para disfarçar.

— Não.

— Henrique?

— Não.

— Anastácio?

— Não.

— Nesse caso, disse a rainha, o seu nome só pode ser Rumpelstiltskin.

Ao ouvir aquilo, o anão ficou assombradíssimo. Depois, teve um acesso de cólera e berrou:

— Foi alguma bruxa quem contou o meu nome! Foi alguma bruxa malvada!, e sapateou no chão com tamanha fúria que o seu pé direito rompeu o assoalho e lá ficou entalado entre as tábuas. Ele, então, desesperado, agarrou com ambas as mãos a perna esquerda e deu tal tranco que despregou uma tábua com todos os pregos — e fugiu na disparada, grunhindo que nem um porquinho.

Foi a última vez que a rainha se avistou com o tal Rumpelstiltskin.

{ Blanche Fisher Laite . 1923 }

Os Dois Irmãozinhos

Era uma vez um menino e uma menina que haviam perdido a mãe e moravam com a madrasta, muito má. Certa manhã, o menino disse à irmãzinha:

— Depois que mamãe morreu, nossa vida ficou uma tristeza sem fim. Por qualquer coisinha a madrasta nos bate todos os dias e se a gente chega perto dela só recebe pontapés. Comida é o que você sabe — uns bicos de pão velho que nem rato pode roer. Até cachorro passa melhor do que nós — pelo menos ganha seus pedaços de carne, de vez em quando. Sabe que mais? Vou-me embora. Em qualquer parte estarei melhor do que aqui. Quer fugir comigo?

A menina quis, e os dois fugiram na manhã seguinte. De longe, quando perderam de vista a casa onde haviam nascido, abraçaram-se e choraram. Mas foram andando, andando, andando, até que deram numa floresta, já quase ao cair da noite. Estavam cansadíssimos e tinindo de fome, e para dormir só viram um oco de árvore dentro do qual se arrumaram.

No dia seguinte, pularam fora e o menino queixou-se de sede.

— Onde haverá água por aqui?, murmurou.

— Estou ouvindo deste lado um barulhinho de ribeirão, disse a menina, e lá se foram os dois no rumo do barulhinho.

Mas a madrasta, que era bruxa, ao dar pela falta dos meninos, fez suas bruxarias e descobriu que estavam na floresta. De malvada, então, encantou todas as fontes e rios em redor deles para desse modo matá-los de sede. Assim foi que, ao chegarem ao ribeirão, os meninos ouviram a água murmurar: "Quem beber de mim será virado em tigre". A menina assustou-se e segurou o irmãozinho.

— Não beba dessa água, disse ela, porque você virará tigre e me comerá.

— Ai de mim!, exclamou o menino. Estou a morrer de sede, mas não beberei dessa água. Vamos ver outra fonte.

Mais adiante, encontraram outra fonte, cuja água dizia: "Quem beber de mim virará lobo".

— Não beba dessa água, irmãozinho, que você virará lobo e me comerá.

— Ai de mim!, exclamou o menino. Estou morrendo de sede, mas não beberei aqui. Vamos ver outra. Mas dessa outra beberei, aconteça o que acontecer. Não suporto por mais tempo esta sede horrível.

Logo adiante, encontraram outra fonte cuja água dizia: "Quem beber de mim virará cabrito".

— Não beba, irmãozinho!, pediu a menina, porque você virará cabrito e fugirá de mim.

Mas foi inútil. O menino debruçou-se na fonte e bebeu até não poder mais. Imediatamente, perdeu a forma humana e transformou-se num cabritinho.

A menina pôs-se a chorar e o cabritinho também.

— Console-se, minha irmã, disse este. Nunca abandonarei você e hei de prestar muitos serviços.

A menina amarrou-lhe ao pescoço, feito coleira, um colar de ouro que era a única lembrança da sua boa mãe; depois, teceu com embiras uma corda, cuja ponta amarrou na coleira — e continuou a caminhar pela floresta puxando o cabritinho.

Não longe dali, encontraram uma choupana abandonada, mas onde podiam viver.

— Oh, já temos casa!, disse a menina, e entrou. Deu uma vista de olhos pelos cômodos e tratou de arrumar duas camas de musgos e folhas secas, uma para ela, outra para o cabritinho. Depois, correu pelos arredores para colher frutas do mato e capim bem verde, e desse modo arranjou comida para si e para o irmãozinho encantado. Acostumaram-se a viver ali. Saíam sempre juntos em busca de frutas silvestres, e o cabritinho pulava na frente, tosando quanta erva tenra encontrava. Chegaram até a sentir-se felizes. E assim correram meses.

Certo dia, um príncipe foi caçar naquela floresta, acompanhado de numerosa comitiva. O som das buzinas e o latido dos cachorros vieram logo sobressaltar os dois irmãozinhos.

— Minha irmã, disse o cabrito, estou querendo assistir a essa caçada. Deixe-me sair. Não tenha medo, não deixarei que me apanhem.

A menina resistiu quanto pôde, mas era tal a insistência do cabritinho que, afinal, lhe abriu a porta e disse:

— Pois vá. Mas prometa voltar ao cair da noite, e quando voltar, bata na porta e diga: "Mana, sou eu!". Só assim abrirei.

O cabritinho saiu aos pinotes e breve chegou à zona da caçada, onde foi visto pelos caçadores. O príncipe deu ordem para que o apanhassem. Mas foi inútil; assim que um dos homens lhe ia pondo a mão, ele escapava num salto agilíssimo e fugia. Nem os cães puderam com o danadinho; corria tanto que logo distanciava os melhores corredores. Ao cair da noite, voltou para casa e bateu, dizendo: "Mana, sou eu!".

A menina, que passara o dia numa grande aflição, abriu a porta e cobriu-o de beijos.

No dia seguinte, continuou a caçada e o cabritinho foi de novo para lá. Mostrou-se imprudentíssimo, a ponto de passar rente ao príncipe, o qual lhe percebeu no pescoço o colar de ouro. Isso só serviu para mais acirrar no príncipe o desejo de possuir o estranho animalzinho. Mas a sua ligeireza o livrava de todos os botes — embora não o livrasse de ser ferido numa das patas por uma ponta de flecha (nesse tempo os caçadores só caçavam com arco e flecha). O atirador então o perseguiu de perto e chegou até a casinha, em cuja porta pôde vê-lo parar e gritar aflito: "Mana, sou eu!".

Assombrado com aquele prodígio, o atirador correu a contar tudo ao príncipe. Enquanto isso, a menina lavava-lhe a pata ferida e fazia uma atadura com uma tira de sua saia.

— Agora, deite-se e descanse, disse ela ao terminar.

O cabritinho dormiu a noite inteira e no outro dia levantou-se completamente curado — e querendo ir ver os caçadores novamente.

— Não, respondeu a menina. Você agora vai ficar aqui comigo. Ontem os caçadores feriram sua patinha e hoje poderão matá-lo.

— Se você me obriga a ficar aqui, tornou o cabritinho, será pior, porque morrerei mais depressa. Não posso ouvir latidos de cachorro e sons de buzina. Fico que nem louco.

E lá se foi pela terceira vez meter-se entre os caçadores. Quando o príncipe o viu, disse aos seus homens:

— Persigam-no sem cessar, mas não quero que o maltratem!

Assim fizeram os caçadores e, enquanto o perseguiam, o príncipe dirigiu-se para a casinha que o atirador havia descoberto na véspera. Chegando lá, murmurou as palavras ouvidas: “Mana, sou eu!” e a menina imediatamente veio abrir.

Mas ficou assombrada em ver diante de si um príncipe recoberto de sedas e ouros, que a olhava com olhos enternecidos. Realmente, o príncipe nunca vira em sua corte uma carinha mais gentil e mimosa.

— Encantadora criança, disse ele, quer vir morar comigo em meu palácio?

— Não posso, respondeu a menina. Não posso deixar esta casa antes do meu cabritinho voltar. Jamais o abandonarei, ainda que em troca do mais belo trono do mundo.

Justamente nesse instante, o cabritinho apareceu aos pinotes.

Ao vê-lo chegar-se, o príncipe disse:

— Não seja essa a dúvida. A menina poderá conservá-lo consigo toda a vida.

Então, a menina aceitou o convite e partiu atrás do príncipe, conduzindo pela corda o cabritinho. Chegando ao palácio, o príncipe entregou-a à sua mãe, dizendo que iria casar-se com ela.

Tempos depois, realizou-se o casamento, com grande alegria do povo e da corte. Ao cabritinho foi dado um grande parque, onde podia cabriolar o dia inteiro e pastar as mais finas ervas.

A história desses acontecimentos chegou aos ouvidos

da madrasta má, que até então estivera convencida de que os meninos haviam sido devorados pelos lobos na floresta. Furiosíssima, jurou destruir a felicidade da menina.

Quando a jovem rainha teve o primeiro filho, a diaba disfarçou-se de mendiga e foi rondar o palácio. Lá ficou até dar jeito de penetrar num jardim onde a rainha costumava passear sozinha. Ao vê-la chegar, pediu-lhe uma esmola. A rainha abriu a bolsa — e, nesse momento, a bruxa deu-lhe com uma vara de condão, fazendo com que a coitada se visse a cem léguas dali, metida num calabouço horrendo, cujos guardas eram dragões.

Quando as aias vieram buscar a rainha e viram que tinha desaparecido, foi uma tristeza geral no palácio e em todo o reino. O rei mandou que mil homens a procurassem por toda parte. Tudo inútil. Ninguém descobria o paradeiro da rainha.

Mas a madrasta não possuía um poder completo, de modo que em certo dia, quando a prisioneira declarou que desejava ver o seu filhinho, foi obrigada a levá-la ao palácio pelos ares. A rainha aproximou-se do berço e beijou a linda criança; depois foi acariciar o cabritinho que dormia no mesmo quarto. Em seguida, retirou-se e lá se foi pelos ares, carregada pelos diabos que andavam a serviço da bruxa. A ama da criança assistira a tudo, mas ficou como petrificada e sem ânimo de contar nada a ninguém de medo que a metessem num hospício.

Na noite seguinte, a rainha apareceu de novo e, depois de beijar a criança e o cabritinho, exclamou, no momento de partir:

— Que vai ser do meu filho e do meu cabritinho? Só poderei voltar aqui mais uma vez, depois, nunca mais...

A ama, então, encheu-se de coragem e narrou tudo ao rei, o qual a princípio julgou que a mulher houvesse enlouquecido. Mas, apesar disso, resolveu passar a noite em guarda no quarto próximo, para verificar com seus próprios olhos se havia verdade naquilo ou não. E viu tudo. Viu a rainha chegar, beijar o filho, beijar depois o cabritinho e dizer muito triste:

— Que vai ser do meu filho e do meu cabritinho? Desta vez vou-me embora para sempre...

Nesse momento, o rei entrou no quarto e tomou-lhe as mãos, chamando-a pelo nome.

O encanto quebrou-se imediatamente e os diabos a serviço da bruxa correram para o inferno.

A rainha, então, contou toda a sua história ao rei, que fez prender a bruxa e assá-la numa boa fogueira. No momento em que ela expirou, rompeu-se o encantamento que havia feito para o irmãozinho da antiga menina — e o cabritinho recuperou a forma humana.

Foi uma alegria imensa, e o rei decretou grandes festas para comemorar o feliz desenlace daquele drama.

{ Rie Cramer . 1927 }

João Bobo e as Três Plumas

Era uma vez um rei que tinha três filhos, dois direitinhos e o terceiro tão simplório que recebeu o nome de João Bobo. Estando já velho e doente, o rei achou que era tempo de escolher qual dos príncipes deveria subir ao trono depois de sua morte. Chamou os filhos e disse:

— Meus filhos, quero que hoje mesmo deixem o palácio em procura de um xale; o que trouxer o xale mais lindo será o herdeiro do trono.

Depois, com medo de que saíssem juntos e fossem

brigando pelo caminho, chegou à porta do palácio e soltou ao vento três plumas, dizendo:

— Lá se vão três plumas. Cada um que siga uma.

A primeira pluma voou para leste; a segunda, para oeste; a terceira flutuou uns instantes nos ares e veio pousar no chão. Em consequência disso, um dos filhos tomou à direita, outro rompeu à esquerda e o pobre do João Bobo não pôde tomar direção nenhuma porque a pluma que restava não tinha voado.

Muito triste com a sua falta de sorte, João Bobo sentou-se no chão ao lado da pluma ali caída e ficou pensando. Súbito, notou que havia na sua frente uma tampa de alçapão. Abriu-a. Dava para uma escada. Desceu pela escada e foi ter a uma porta, na qual bateu três pancadinhas. Imediatamente, soou uma voz que dizia:

Verde rãzinha cor do mar
Vai ver quem bate nessa porta.
E manda entrar, e manda entrar
Inda que seja o Perna Torta.

Logo a seguir, a porta abriu-se e João Bobo entrou, dando com uma velha rã gorda, rodeada de numerosas rãzinhas menores. A rã velha perguntou-lhe que é que desejava ali.

— Ando à procura do mais belo xale do mundo.

A rã velha chamou uma das rãzinhas e disse-lhe:

— Veja a caixa de charão.

A rãzinha foi buscar a caixa de charão e colocou-a diante da rã velha.

— Aqui tem o xale mais belo do mundo, disse a rã, abrindo a caixa e tirando de dentro um xale que até parecia um sonho.

João Bobo recebeu o presente, fez mil agradecimentos e retirou-se, subindo pela mesma escada e passando pelo alçapão.

Enquanto isso, os outros príncipes se meteram a fazer violências, chegando a ponto de tomar à força os mais belos xales que viam ao ombro das camponesas. Escolheram depois os dois melhores e voltaram para o palácio, chegando ao mesmo tempo que João Bobo.

Quando o rei viu os três xales, não pôde deixar de assombrar-se diante da beleza do trazido pelo filho caçula e exclamou:

— É de toda a justiça que o trono pertença ao mais moço dos três, visto como foi quem descobriu o xale mais lindo de todos.

Os filhos mais velhos protestaram.

— Mas é um verdadeiro absurdo, meu pai, entregar o governo de um reino a um bobinho desse. Essa prova não vale. Vamos ver outra.

O rei então declarou que o que lhe trouxesse o mais belo anel seria o herdeiro da coroa — e de novo soltou ao vento três plumas. Uma foi para norte, outra foi para sul e a terceira caiu perto do alçapão. Os filhos mais velhos seguiram as plumas voadeiras e João Bobo sentou-se novamente junto à que caíra no chão.

Repetiu-se tudo como da primeira vez. João Bobo abriu o alçapão, desceu a escada e foi ter com a rã velha, à qual pediu que lhe arranjasse o anel mais belo do mundo. A rã velha mandou que uma das rãzinhas trouxesse a sua caixa de joias, de onde tirou um anel que parecia feito pelas fadas.

— Ei-lo aqui, disse a rã, entregando o anel a João Bobo. Este é o anel mais belo do mundo.

João Bobo agradeceu e lá se foi muito contente.

Ao entrar no palácio, os dois irmãos mais velhos também iam chegando e os três a um tempo apresentaram ao rei os anéis trazidos. O rei examinou-os e disse:

— Não há dúvida; o trono continua a ser do meu filho mais moço, porque o anel mais belo foi achado por ele.

Os filhos mais velhos, porém, de novo não se conformaram e pediram ao rei uma terceira prova.

Pois bem, disse o rei, o que descobrir a mais linda noiva, esse será o herdeiro do trono — e lançou ao vento mais três plumas que voaram nas mesmas direções das primeiras.

João Bobo, pela terceira vez, foi ter com a rã velha, à qual disse:

— Tenho de apresentar-me no palácio com a noiva mais formosa do mundo. Poderei conseguir isso?

— Para qualquer outro seria dificílimo, mas para você não é. Fique descansado que vai ter como noiva a mais bela moça do mundo.

Dizendo isto, entregou ao rapaz uma carruagenzinha feita de uma cenoura, à qual estavam atrelados seis camundongos. João Bobo ficou desapontado e sem saber o que significava aquilo — e então, a rã disse:

— Agora, pegue uma destas rãzinhas verdes e ponha-a dentro da cenoura.

O rapaz obedeceu, e mal colocou a rãzinha na cenoura, viu-a transformar-se na moça mais linda do mundo, ao mesmo tempo que os camundongos se transformavam em seis maravilhosos cavalos brancos. E como a cenoura também se houvesse virado em uma riquíssima carruagem, lá se foi João Bobo para o palácio, radiante de felicidade.

Ao parar na porta, viu chegarem seus irmãos mais velhos, acompanhados de duas noivas muito feias. Eles não se haviam dado ao trabalho de procurar moças lindas; foram agarrando as primeiras que encontraram.

O rei comparou as três moças e disse:

— Não há dúvida. O meu filho mais novo continua em primeiro lugar. É a ele que cabe o trono.

Os filhos mais velhos ainda tiveram a coragem de bater o pé; queriam uma quarta prova — e o rei pela última vez cedeu.

— Que prova há de ser?, indagou o velho já cansado de inventar provas.

— Vamos ver qual das três moças pode saltar por dentro daquele arco pendurado no teto, propôs um deles, com a ideia de que as moças que haviam escolhido, sendo fortes mocetonas do povo, uma delas tinha de sair vencedora.

O rei concordou e tudo foi preparado para a prova final. Saltou primeiro uma das feias — e caiu e quebrou o nariz. Saltou depois a outra feia — e caiu e quebrou o pé. Por fim, chegou a vez da noiva de João Bobo, e com espanto de todos saltou com uma graça extrema, mais leve e elegante que uma rãzinha, não quebrando nem o nariz, nem o pé, nem coisa nenhuma.

— Chega de provas, disse o rei. O trono cabe de pleno direito ao Joãozinho. Está decidido.

Logo depois, o rei faleceu e Joãozinho subiu ao trono de braço dado com a mais linda rainha que o reino teve. Foram muito felizes e tiveram muitos filhos — e todos uns danadinhos para saltar, porque haviam puxado pela avó — a rã velha.

{ Arthur Rackham . 1909 }

O Nariz de Légua e Meia

Vou contar a história de três pobres soldados que, depois de concluída a guerra, voltaram para casa a pedir esmolas pelo caminho. Tinham caído numa miséria horrível e já haviam andado léguas e léguas, aborrecidíssimos com a falta de sorte, quando chegaram a uma espessa floresta que tinha de ser atravessada. Por ela se meteram e foram indo por entre a paulama, cai aqui, tropeça ali, até que a noite os colheu. Não havia remédio senão dormir debaixo das árvores. De medo das feras, combinaram então que, enquanto dois dormissem, um ficaria montando guarda com o olho bem arregalado. Passadas umas tantas horas, o que estivesse de guarda acordaria um dos outros para o substituir — e desse modo todos se revezariam.

Assim foi feito. Tiraram a sorte; o sorteado ficou de sentinela e os outros ferraram no sono, junto à fogueira que haviam acendido.

Lá pelo meio da noite, apareceu um anãozinho vestido de vermelho. Chegou, espiou e disse para a sentinela:

— Quem é você?

— Um amigo, respondeu o soldado.

— Que espécie de amigo?

— Sou um velho e infeliz soldado; eu e mais esses dois que estão a dormir estivemos na guerra, e agora vamos indo para casa. Infelizmente estamos na maior miséria, sofrendo falta de tudo e obrigados a viver de esmolas. Brrr! Está fria a noite, não? Venha sentar-se perto deste foguinho para aquecer-se, meu caro senhor anão.

— Obrigado, bom amigo, agradeceu a figurinha. Vejo que tem boa alma e quero ajudá-lo. Tome isto — esta minha capa, disse, tirando de sobre os ombros a sua velha capa vermelha. Cada vez que desejar qualquer coisa, basta vesti-la e dizer o que quer. Seu desejo será imediatamente satisfeito, concluiu o anão, desaparecendo.

O soldado ficou muito contente, e mais ainda de

já ser hora de acordar um dos outros para o revezar. Acordou esse outro e foi dormir.

O anãozinho apareceu para a nova sentinela e fez as mesmas perguntas; vendo que também tinha bom coração, deu-lhe uma bolsa mágica, que não se esvaziava nunca por mais moedas de ouro que fossem tiradas de dentro.

Quando chegou a vez do terceiro soldado ficar de sentinela, o anãozinho apareceu pela última vez e a cena se repetiu. O terceiro soldado ganhou uma corneta encantada; seu toque juntava imediatamente todo um exército, que ficaria às ordens do corneteiro para tudo quanto ele ordenasse.

Pela manhã, cada soldado contou a sua história e mostrou o dom recebido. Eram muito camaradas os três, de modo que combinaram não se separarem nunca e viverem irmãmente. Também combinaram dar uma volta em redor do mundo, usando apenas a bolsa mágica. A capa e a corneta ficariam para mais tarde.

Assim fizeram e andaram a correr mundo por longo tempo, gastando quanto queriam, porque a bolsa era, na verdade, inesgotável. Por mais que a despejassem, permanecia sempre cheinha de belas moedas de ouro. Por fim, enjoaram de correr mundo e manifestaram o desejo de viver sossegados num grande castelo. O soldado da capa, então, jogou esse dom sobre os ombros e disse em voz alta o que queria. Imediatamente, surgiu ante seus olhos um maravilhoso castelo circundado de parques e com uma pradaria linda, cheia de carneiros, cabras, bois e cavalos. Os portões logo se abriram, como por encanto, e eles puderam penetrar na magnífica morada.

Ali passaram a viver regaladamente, servidos por numerosa criadagem e com tudo quanto podiam desejar. Um dia, porém, cansaram-se de tanto sossego e quiseram aventuras. Mandaram pôr uma carruagem riquíssima, vestiram-se com as melhores roupas e lá se foram de visita a um rei vizinho. Esse rei possuía uma filha única e, como julgasse que os três soldados fossem três príncipes, filhos de algum reino próximo, recebeu-os com grandes atenções, na esperança de que um deles se casasse com a princesa.

Houve muitas festas e passeios. Num destes passeios, em que o segundo soldado caminhava ao lado da princesa, reparou ela na bolsa que lhe via sempre à cintura e perguntou que bolsa era aquela. O bobalhão caiu na tolice de contar a história toda; e, aliás, se não contasse dava na mesma, porque a tal princesa era uma bruxa das que adivinham tudo. Por isso, já havia adivinhado que cada um dos visitantes era dono de um objeto mágico de imenso valor. E, como além de bruxa fosse ambiciosíssima, a princesa armou logo um plano para lograr os soldados. Começou mandando fazer uma bolsa igualzinha àquela e, num dia em que pilhou o soldado de jeito, deu-lhe um vinho por ela mesma preparado, que o fez dormir em meio minuto. Em seguida, tirou-lhe da cinta a bolsa mágica e pôs no lugar a imitação.

Terminada a visita, os três soldados despediram-se e regressaram ao castelo. Logo depois, houve necessidade de dinheiro e a bolsa falhou. Tiradas as moedas que estavam dentro, não se encheu mais, como acontecia antes.

— Hum! Já sei!, murmurou o segundo soldado. Caí na asneira de contar a história da bolsa mágica àquela princesa e a diaba trocou-a por outra, depois de me haver dado vinho com dormideira. Foi ela! Foi a princesa ladra! E agora? Que vai ser de nós?, e desesperou, chorando e arrancando os cabelos.

— Não se amofine desse modo, amigo, disse-lhe o primeiro soldado. Vou lá num ápice e trago a bolsa, quer ver? E, lançando a capa ao ombro, manifestou em voz alta o desejo de ser transportado incontinenti para os aposentos da princesa.

Assim aconteceu. Em menos de um segundo, viu-se no quarto da princesa, que estava a empilhar as moedas de ouro que ia despejando da maravilhosa bolsa. O soldado lerdeou; em vez de agarrar a bolsa e fugir, ficou de boca aberta a contemplar a cena. Nisto, a princesa percebeu a sua presença e botou a boca no mundo.

— Socorro! Socorro! Um ladrão no meu quarto! Acudam!

Ouvindo tais berros, todos da corte correram para os aposentos da princesa e lançaram-se contra o burríssimo soldado, que, tomado de pavor, fugiu com quantas pernas tinha. Nem se lembrou da capa mágica, o bobo; fugiu pela janela, como fogem os gatunos, tão desastradamente que a preciosa capa enganchou num prego e lá ficou.

A princesa ladra sorriu.

— Ótimo. Já tinha a bolsa e agora tenho a capa. Falta só a corneta.

Quando o primeiro soldado chegou ao castelo, mais morto que vivo, estropiado da carreira, não achou outra coisa a fazer senão entregar-se ao desespero. No meio das suas lamentações, porém, o da corneta disse:

— Não se aflija tanto, amigo. Vou dar um arranjo nisso, e tocou a sua corneta mágica.

Imediatamente, surgiu um enorme exército de infantes e cavaleiros. O terceiro soldado pôs-se à frente dos batalhões e deu ordem de marcha contra o reino vizinho. Lá chegando, cercou o palácio do rei e intimou-o a entregar os objetos roubados, sob pena de arrasar tudo. O rei sentiu-se apavorado e foi falar com a filha.

— Minha filha, é preciso entregar a bolsa e a capa, senão estou perdido.

— Espere, meu pai. Tenho um plano muito bom na cabeça, disse ela piscando — e foi vestir-se de mulher do povo. Enfiou uma cesta de quitanda no braço e, chamando uma aia, lá se foi para o acampamento inimigo.

Cantava muito bem, essa princesa bruxa, de modo que com os quitutes da cesta e com cantarolas fez logo com que os soldados acudissem todos para vê-la. Até o próprio comandante-geral não resistiu e veio comprar coisas da cesta. Assim que o viu por ali e se certificou da barraca em que ele estava acampado, a esperta princesa piscou para a aia, e a aia foi sorrateiramente e entrou na barraca e furtou a corneta. Feito isto, voltaram as duas muito lampeiras para o palácio.

Tudo mudou sem demora. O exército sitiante foi desaparecendo e os três soldados tiveram de voltar a pé para o castelo. Mas que castelo nada! Sumira-se também o castelo, e eles se acharam tão pobres e desajudados como no começo.

Sentaram-se no chão, muito tristes, parafusando num meio de arrumar a vida. Por fim, um deles disse:

— Camaradas, acho que o melhor é separar-nos e que cada qual lá se arrume como puder. Adeus!

Disse isso e tomou pela esquerda, enquanto os outros dois tomaram pela direita, sempre juntos.

O soldado solitário foi andando, andando, andando, até que esbarrou de novo na mesma floresta do começo. Meteu-se por entre as árvores e caminhou o dia inteiro; logo que anoiteceu, deitou-se debaixo de uma árvore e ferrou no sono.

Ao romper da aurora, abriu os olhos e, com grande alegria, viu que tinha dormido debaixo duma macieira carregadinha de belas maçãs maduras. Sua fome era das boas, de modo que só pensou em encher o papo. Comeu uma, duas, três maçãs; quando ia comer a quarta, não pôde; qualquer coisa o impedia de a levar à boca.

— Que será isto?

Apalpou-se e viu que o misterioso embaraço era nada mais nada menos que o seu próprio nariz, o qual crescera e estava ainda crescendo dum modo espantoso. Chegou ao umbigo, depois chegou ao chão, e como continuasse a crescer e fosse ficando cada vez mais pesado, teve ele de deitar-se. E o nariz continuou a crescer e foi crescendo e caminhando por ali afora, por entre as árvores. Por fim, a ponta desse formidável nariz ficou a uma distância que poderia ser calculada em meia légua.

Enquanto isso, os outros soldados, depois de muitas voltas, também vieram ter àquela floresta. Súbito, um deles tropeçou numa coisa mole.

Que será isto?, exclama, surpreso. Olha, examina: era uma ponta de nariz!

— Camarada, isto é positivamente um nariz humano. Vamos seguindo por ele afora que havemos de encontrar o dono.

Era mais fácil caminhar por cima do nariz do que pelo chão, de modo que os dois lhe pularam em cima e foram caminhando em procura do dono.

— Lá está o dono do nariz!, exclamou o soldado que seguia na frente. Está deitado, o pobre!

Mais uns passos e o reconheceram.

— Que é isso, camarada? Que loucura essa de espichar o nariz pela mata adentro?

O mísero contou tudo e deixou os companheiros perplexos. Que fazer? Caminhar carregando um nariz daqueles era impossível. Tentaram acomodá-lo sobre o lombo de um burro que viram pastando por ali. O burro não aguentou a carga. Tentaram enrolá-lo, como se enrola cipó. Impossível. Doía muito.

Os dois soldados sentaram-se no chão junto ao infeliz camarada e coçaram a cabeça. Que fazer? Que fazer?

Nisto, apareceu o anãozinho de vermelho.

— Que há?, perguntou, rindo-se.

— É este nosso companheiro que está virando só nariz. Pelo amor de Deus, veja se há um conserto para tamanho despropósito, porque nós positivamente não sabemos o que fazer.

— É simples, respondeu o anão. Tragam uma pera daquela pereira e deem-lhe a comer. Estas maçãs encompridam nariz e as peras encurtam.

Os soldados correram a colher peras e deram-nas ao companheiro. O mísero comeu-as quase sem mastigar e incontinenti o imenso nariz foi encolhendo até ficar do tamanho primitivo.

— Muito bem, disse o anão. Agora já sabem o que há a fazer. Levem um sortimento dessas maçãs ao reino da princesa gatuna e vinguem-se. E tratem de não ser bobos como da primeira vez.

Os soldados agradeceram ao bondoso anão e partiram, combinando o seguinte: o segundo soldado se disfarçaria de camponês e ofereceria as maçãs à princesa ladra, tudo fazendo para que ela as comesse.

Ao chegar à corte, todos se admiraram com a beleza das frutas e quiseram adquiri-las.

— Não, disse o soldado. Maçãs como estas não são para qualquer. Só uma princesa poderá comê-las.

A princesa soube e mandou vir o camponês à sua presença.

— Que lindas!, exclamou, já com água na boca. Quanto é?

— Para Vossa Alteza, nada. Permita-me que as dê de presente.

A princesa nem teve tempo de agradecer; ferrou os dentes numa, e comeu três num instantinho.

E foi aquele desastre. O seu lindo nariz começou a crescer, a crescer, a crescer tanto que logo não cabia no quarto e teve de enfiar-se pela janela. Continuou a crescer e alcançou o parque e foi indo por ele além até légua e meia dali.

O rei ficou horrorizado com a estranha doença da filha e fez uma proclamação ao seu povo, prometendo as maiores recompensas a quem descobrisse um remédio para o misterioso mal.

Mas ninguém se atreveu a apresentar-se. Para os médicos, o remédio único seria cortar o nariz — mas se a princesa morresse? Nenhum teve ânimo de fazer a operação.

Nisto, apresentou-se o segundo soldado, vestido de médico, e declarou possuir um tratamento infalível para nariz de légua e meia. Foi introduzido nos aposentos da princesa, onde, depois de fingir cuidadoso exame, receitou-lhe mais um pedaço de maçã, ficando de voltar o dia seguinte.

A princesa tomou o remédio e ficou muito desapontada porque o nariz deu de crescer ainda mais durante a noite.

No dia seguinte, o falso médico examinou de novo a doente e deu-lhe um pedacinho de pera — um pedacinho só, e retirou-se, ficando de voltar no dia seguinte. Dessa vez, o remédio fez efeito e o nariz da princesa amanheceu alguns metros mais curto. Para maltratá-la, o falso médico deu-lhe em seguida mais um pedaço de maçã — e desse modo foi alternando maçã e pera por mais de uma semana. Por fim, declarou ao rei:

— Há qualquer coisa furtada neste aposento que destrói o efeito do meu remédio. Se os objetos furtados não forem restituídos aos donos, a filha de Vossa Majestade ficará toda a vida de nariz de légua e meia, sem cura possível.

A princesa protestou; disse que não, que era mentira, que não havia em seu quarto nada que não lhe pertencesse.

— Muito bem, exclamou o falso médico. Mas, apesar do que diz Vossa Alteza, estou certo de que há aqui três coisas furtadas e, enquanto não forem restituídas aos donos, o vosso augusto nariz irá crescendo sempre, até dar volta ao mundo.

O rei, apavorado, ordenou à filha que entregasse os furtos — e a princesa não teve outro remédio. A bolsa, a capa e a corneta mágicas foram entregues ao médico, para serem restituídas aos respectivos donos.

Então, o falso médico deu à doente uma pera inteirinha, que ela comeu com toda a gula — e no mesmo instante o nariz principiou a encolher até ficar do tamanho que era.

O soldado não esperou por mais. Lançou a capa ao ombro e murmurou:

— Para o castelo! E no mesmo instante viu-se no castelo ao lado dos dois companheiros.

Daí por diante viveram bastante felizes e só saíam de vez em quando, em passeios por perto. Nunca mais se meteram a visitar os reinos vizinhos.

{ Rie Cramer . 1927 }

A Pastorinha de Gansos

Uma rainha enviuvou, ficando só com uma filha de rara beleza. Essa menina cresceu entre mimos e, ao chegar à idade própria, foi prometida em casamento ao filho do rei de um reino próximo. Quando veio a época do enlace, teve ela de partir para a corte do noivo. A rainha viúva preparou-lhe um riquíssimo enxoval, que, além de preciosos vestidos, incluía móveis raros, cristais finíssimos e mil objetos de ouro e prata. Deu-lhe também uma aia para servi-la durante a viagem, e um lindo cavalo de nome Falante. No momento das despedidas, a rainha levou-a para o seu quarto e fez o seguinte:

espetou um dos seus próprios dedos na ponta duma faca de ouro e fez pingar três gotas de sangue num lenço de renda, o qual entregou à filha com estas recomendações:

— Guarde bem isto, minha querida, que terá socorro em todas as aflições.

A princesinha guardou o lenço no regaço, beijou a rainha na face, montou no cavalo e partiu.

Algumas horas mais tarde, teve sede e ordenou à aia:

— Apeie-se e traga-me em meu copo de ouro um pouco d'água daquele regato.

— Se está com sede, desça do animal e vá beber, pois daqui por diante não me considero mais sua criada.

A princesa estranhou muito aquelas palavras, mas, como estivesse realmente com sede, apeou-se e foi beber ao regato; nem coragem teve de pedir o copo de ouro. No momento em que bebia, as três gotas de sangue do lenço lhe disseram:

— Ah, se sua mãe viesse a saber disto, o seu coração se partiria de dor!

Muito humilhada e triste, a princesa tornou a montar e prosseguiu na viagem. Algumas léguas adiante, sentiu de novo sede e já esquecida da desfeita da aia, pediu-lhe outro copo d'água. A resposta foi a mesma.

— Se está com sede, desça e beba. Já não sou sua criada.

A princesa assim fez. Desceu e bebeu pelas mãos em concha, suspirando: "Ai de mim!".

E as três gotas de sangue repetiram:

— Se sua mãe viesse a saber disto, o seu coração se...

Mas não puderam concluir a frase; o lenço caiu no regato e lá se foi pela correnteza abaixo.

— O meu lenço!, exclamou ela aflita — e a aia sorriu vitoriosa, pois dali por diante iria dominar completamente a princesa. Sem o auxílio das gotas mágicas, seria ela um joguete em suas mãos. E assim, logo que a princesa fez menção de montar, a aia interrompeu-a, dizendo:

— Não, Falante agora me pertence. Vá no meu cavalo.

A pobre princesa teve de obedecer e lá seguiu viagem, mais aflita do que nunca. Logo adiante, a aia obrigou-a a despir os seus trajes reais e deu-lhe em troca os seus de criada, fazendo-a jurar sob pena de morte que nada diria ao noivo de tudo quanto se passara.

O resto da viagem foi feito assim — com a aia transformada em princesa e a princesa transformada em aia. Ao chegarem ao palácio do noivo, veio este com o seu séquito ao encontro da aia e fê-la descer, certo de que era a sua noiva. A impostora foi conduzida ao paço com grande pompa, e a princesa ficou de fora, na rua. O rei, pai do príncipe, que a tudo assistia de uma janela, viu aquela moça por ali, e, impressionado com a sua rara beleza, foi indagar quem era.

— Trata-se de uma rapariga que veio comigo, para me servir, respondeu incontinenti a aia. É bom que lhe deem algum serviço para que não fique a vagabundear pela cidade.

O rei não sabia que serviço dar-lhe; por fim, teve uma ideia.

— Já sei. Tenho aqui perto um rapaz, de nome Conrado, que pastoreia os meus gansos. Ela poderá ajudá-lo.

E foi desse modo que a linda princesa se viu transformada em guardadora de gansos.

Mas, a embusteira ainda não estava sossegada. Era preciso dar cabo de Falante. Em certo momento, disse ao noivo:

— Poderá fazer-me um favor, querido?

— Com o maior prazer, respondeu o príncipe.

— Quero que cortem a cabeça do cavalo em

que vim montada. Esse animal aborreceu-me muito pelo caminho.

Na realidade, o que ela queria era ver-se livre da única testemunha do seu crime, e foi, pois, com grande satisfação que soube da morte do generoso cavalo.

A princesa também soube do triste fato e, tirando do bolsinho a única moeda de ouro que conservava, deu-a ao matador para que pendurasse a cabeça do cavalo num arco de pedra através do qual costumava passar diariamente com os seus gansos. Desse modo, teria o consolo de ver sempre a cabeça do amado corcel.

No dia seguinte, muito cedo, ao transpor o arco atrás do bando de gansos, a pobre princesa exclamou num suspiro:

— Ah, Falante! Nunca imaginei que você tivesse tão triste fim!

E a cabeça de cavalo respondeu:

— Também nunca imaginei vê-la sofrer assim! Se sua mãe soubesse...

Para além do arco havia uma grande pastagem onde os gansos passavam o dia. Lá chegando, a princesa sentou-se na relva e soltou aos ventos a sua maravilhosa cabeleira de ouro. Aquilo deslumbrou de tal modo ao pobre Conrado, que ele se agarrou às madeixas e pôs-se a puxá-las com toda a força para arrancar alguns cachos. A princesa então cantou este verso:

Sopra bem forte, amigo vento!
Leva a rolar por esse prado
O chapeuzinho de Conrado.
E não permitas que ele o pegue
Antes de pronto o meu penteado.

No mesmo instante, começou a soprar um vento fortíssimo, que levou para longe o chapéu de Conrado e o fez disparar na corrida pelo campo afora. Quando finalmente conseguiu apanhar o chapéu e voltou, já a princesa estava penteada e ele sem meios de lhe roubar um dos cobiçados cachos. Isto o enfureceu, e durante o resto do dia os dois não mais trocaram uma só palavra. Guardaram os gansos em silêncio, voltando para o palácio ao cair da noite.

No outro dia, pela manhã, passaram de novo sob o arco e a princesa repetiu as palavras da véspera:

— Ah, Falante! Nunca esperei que você tivesse tão triste fim!

E a cabeça respondeu:

— Também nunca imaginei vê-la sofrer assim. Se sua mãe soubesse...

Chegados ao campo e soltos os gansos, a princesa desfez novamente a cabeleira para penteá-la — e Conrado novamente sentiu a tentação de roubar um cacho. Mas, assim que avançou, a moça repetiu o verso:

Sopra bem forte, amigo vento!
Leva a rolar por esse prado
O chapeuzinho de Conrado.
E não permitas que ele o pegue
Antes de pronto o meu penteado.

O vento obedeceu; soprou forte e levou longe o chapéu de Conrado, com ele atrás. Quando voltou, a princesa já se penteara. Conrado emburrou e não disse palavra o resto do dia.

De volta ao palácio, o rapaz foi ter com o rei, ao qual declarou que não desejava continuar guardando gansos em companhia daquela moça.

— Por quê?, indagou o rei.

— Oh! Ela me aborrece todo o dia.

O rei insistiu e Conrado contou tudo. Contou que

todas as manhãs, ao passarem pelo arco, ela dizia uma palavra para a cabeça do cavalo e que essa cabeça dava uma resposta. Depois, contou a história do vento que lhe levava o chapéu pelos campos em fora.

O rei ficou muito impressionado e resolveu tirar aquilo a limpo. Para isso, ordenou que Conrado a levasse ao campo, como de costume, enquanto ele iria investigar.

Na manhã seguinte, muito cedo, o rei foi esconder-se atrás do arco para ouvir a conversa da pastorinha com a cabeça do cavalo. Depois, correu ao campo e ficou escondido numa moita — e também assistiu a toda a cena do cabelo, do vento e do chapéu de Conrado. Viu com os próprios olhos a pastorinha sentar-se na relva e desatar a deslumbrante cabeleira de puro ouro. Viu Conrado avançar para ela a fim de roubar um cacho. E viu-a abrir a boca formosíssima e repetir aquele verso:

Sopra bem forte, amigo vento!
Leva a rolar por esse prado
O chapeuzinho de Conrado.
E não permitas que ele o pegue
Antes de pronto o meu penteado.

Mal a princesa acabou de dizer o verso, o rei sentiu

a brisa transformar-se em vento forte, que lá levou a rolar pelos campos além o chapeuzinho de Conrado. Tudo exato como o rapaz contara.

O rei voltou ao palácio seriamente impressionado, e, à noite, quando a pastorinha regressou, mandou-a vir à sua presença para que explicasse a significação de tudo aquilo.

— Nada posso dizer, majestade, nem a vós nem a ninguém, pois jurei calar-me e se quebrar o juramento perderei a vida.

O rei insistiu e, vendo que eram inúteis todos os esforços, declarou:

— Bem. Já que não quer contar-me o misterioso segredo, confie-o ao fogo da lareira. Desse modo, desabafará as suas mágoas.

Disse e retirou-se, deixando a moça sozinha na sala onde ardia um bom fogo na lareira. A princesa aproximou-se do fogo e contou a sua história inteirinha, porque, como bem dissera o rei, só desse modo poderia desabafar o coração.

— Ai de mim!, exclamou ela. De que me serve ser filha de rei, se me vejo abandonada de todos? E tudo por causa duma aia perversa que me traiu, que me fez perder o lenço mágico, que me forçou a trocar os vestidos reais pelos dela para desse modo enganar ao príncipe meu noivo. Enquanto isso, me vejo forçada a guardar gansos no pasto em companhia dum pobre rapaz! Oh, se minha mãe soubesse, o seu coração partir-se-ia de dor!

O rei, entretanto, tinha ficado escondido atrás da lareira e pôde assim ouvir toda a confissão da triste princesa. Ficou revoltado com a infâmia da aia e preparou um plano de vingança. Para isso, ordenou que recolhessem a pastorinha ao palácio e a vestissem com o mais lindo vestido da corte. Depois, chamou o príncipe e pô-lo a par de tudo, apresentando-lhe a sua verdadeira noiva.

O príncipe sentiu-se deslumbrado pela beleza da moça e mandou anunciar uma grande festa no parque do palácio. Fez nele armar uma plataforma para um banquete e no dia da festa apareceu ladeado das duas princesas, a verdadeira e a falsa. Esta última não pôde reconhecer a sua ama traída e também ignorava que o seu embuste já havia sido descoberto.

Findo o banquete, e quando os convivas se achavam no auge da animação, o rei dirigiu-se à falsa princesa e contou uma história muito semelhante à dela, perguntando que castigo mereceria uma criada que se comportasse assim. Fez a coisa de um modo muito natural, de jeito que a embusteira de nada desconfiasse.

— Na minha opinião, respondeu ela, uma criatura

tão vil a ponto de cometer semelhante horror devia ser posta dentro de uma barrica cheia de pontas de pregos e rolada morro abaixo.

— Pois assim se faça. Essa criada traidora é você!

A sentença foi imediatamente cumprida e o príncipe desposou a princesa verdadeira, com a qual viveu na mais completa felicidade.

{ Arthur Rackham . 1909 }

A Mesa, o Burro e o Cacete

Há muitos anos, viveu em certa cidadezinha um alfaiate pai de três filhos. Possuía uma cabra que tinha de fornecer leite para todos e por isso o alfaiate a queria muito bem alimentada. Todos os dias, um dos rapazes a levava a pastar; revezavam-se nisso os três.

Certa manhã, o mais velho levou-a a pastar no quintal da igreja, onde crescia o mais verde capim das vizinhanças. Lá a deixou o dia inteiro e, quando à tarde foi buscá-la, teve o cuidado de indagar:

— Está satisfeita, Bitinha? E a cabra respondeu:

Se continuasse a pastar,
era capaz de estourar.

— Nesse caso, toca para casa — e levou-a pela corda.

Ao vê-lo chegar, o alfaiate perguntou:

— A cabrita pastou a contento?

— Sim, meu pai. Tosou todo o capim do quintal da igreja.

Para melhor certificar-se, o desconfiado velho foi ao cercado da cabrita e perguntou-lhe se havia pastado bastante.

Como podia pastar,
Se o tempo todo eu passei
Sem nada, nada encontrar?

O alfaiate ficou furioso.

— Com que então, ó grandessíssimo lorpa!, traz-me a cabrita de bucho vazio como foi e vem contar-me que ela comeu todo o capim da igreja? Ponha-se já no olho da rua, que não quero mentirosos em minha casa.

E, passando mão em um cacete, tocou de casa o pobre rapaz.

Na manhã seguinte, foi a vez do segundo filho levar a cabrita, o qual a deixou num recanto de jardim onde havia muita erva fresca. Ao anoitecer, foi buscá-la e perguntou-lhe se estava satisfeita.

A cabrita respondeu:

Se continuasse a pastar,
era capaz de estourar.

— Vamos então para casa, volveu o rapaz, e levou-a pela cordinha.

Logo que chegou, o alfaiate veio com a sua pergunta:

— A cabrita comeu a contento?

— Quanto quis, meu pai. Se comesse mais um pouco até podia rebentar.

O alfaiate, porém, escabreado com o que acontecera na véspera, foi consultar a cabrita, a qual lhe respondeu:

Como podia pastar,
Se não achei no jardim
Um só pé de capim?

— Grande patife!, exclamou o velho, dirigindo-se ao

moço. Onde já se viu deixar a morrer de fome um animalzinho tão útil? E fez como ao primeiro — expulsou-o de casa a pau.

No terceiro dia, o último filho foi levar a cabrita ao pasto. Procurou os melhores capins de beira de estrada e lá a amarrou para que comesse à vontade. À noite, foi buscá-la e repetiu a pergunta dos outros:

— Então, pastou bastante? E a cabrita respondeu:

Se continuasse a pastar
Era capaz de estourar.

Diante disso, o rapaz levou-a para casa e disse ao pai que ela estava de papo cheio. Mas, quando o velho consultou o perverso animal, o que ouviu foi o seguinte:

Como podia pastar
Naquela beira de estrada
De mil cavalos tosada?

— Ó grande canalha!, berrou o alfaiate furioso. É tão desleixado como os irmãos. Mas deixe estar que desta feita eu o curo da malandragem — e expulsou de casa o seu último filho.

Ficou o velho alfaiate sozinho com a cabrita e, na

manhã seguinte, foi ao curral e correu-lhe a mão pelo fio do lombo dizendo:

— Vamos, minha Bitinha querida; agora eu mesmo irei levá-la a pastar.

Desamarrou-a e levou-a à horta, onde a gulosa se fartou de quanta alface e quanto repolho havia. Ao anoitecer, veio buscá-la e perguntou-lhe se estava satisfeita. A cabrita respondeu:

Se continuasse a pastar
E mais um nabo comesse
Era capaz de estourar.

O velho levou-a então para o curral; mas antes de retirar-se teve a ideia de inquirir mais uma vez:

— Posso então dormir sossegado, porque a minha cabrita está mesmo de papinho cheio, não?

Mas a cabrita respondeu como sempre:

Como estaria contente,
Se toda horta não cabe
Numa só cova do dente?

Essa resposta deixou o velho atônito, pois acabava

de compreender a grande injustiça que cometera contra seus três filhos, expulsos de casa sem o menor motivo.

— Espera aí, mal-agradecida duma figa!, ameaçou ele. Expulsar-te de minha casa é pouco. Tens de sair daqui marcada de modo que nunca mais possas enganar alfaiates respeitáveis como eu.

Disse e fez. Trouxe a navalha e rapou a cabeça da cabrita, deixando-a mais careca que um careca de nascença. Depois, deu-lhe uma grande surra de chicote e soltou-a. A cabritinha fugiu desabaladamente, a berrar com quantas forças tinha.

Entrando de novo em casa, o velho sentiu-se tomado de grande tristeza. Eram remorsos e, ao mesmo tempo, saudades dos três filhos tão injustamente expulsos. Quanto não daria ele agora para que voltassem ao lar paterno! Saiu pela cidade a indagar sobre eles, mas não conseguiu nenhuma informação.

Os rapazes haviam tomado cada qual seu rumo. O mais velho obtivera um lugar de aprendiz numa carpintaria, onde trabalhou com muita inteligência e afinco. Em pouco tempo, tornou-se um verdadeiro mestre. Seu patrão apreciava-o tanto, que um belo dia lhe deu de presente uma mesa que, embora de aparência vulgar, era mágica. Quem nela se sentasse e dissesse: "Põe-te, mesa!", via-a imediatamente cobrir-se de alvíssima toalha, com pratos, talheres, travessas de carne e toda a sorte de petiscos, além de um garrafão de excelente vinho virgem.

Ao receber tão valioso presente, o moço refletiu consigo: "Com esta mesa, nunca mais passarei necessidade em toda a minha vida". E partiu a correr mundo, com a alma transbordando de felicidade, sem preocupar-se com o dia de amanhã. Quando entrava numa estalagem, não indagava nada sobre a comida, pois que sua mesa a fornecia ótima.

Passado algum tempo, teve a lembrança de voltar à casa paterna, certo de que a raiva do velho já estaria acabada. Pôs-se a caminho e, na primeira noite de viagem, entrou numa hospedaria cheia de gente. O dono convidou-o a sentar-se à mesa geral.

— Não, disse ele. Eu é que convido a todos para se sentarem à minha mesa particular.

Riram-se os hóspedes, julgando que fosse brincadeira do rapaz, mas não se riram por muito tempo. Ele armou a mesa no meio da sala e disse "Põe-te, mesa!", e imediatamente a mesa se encheu de iguarias finíssimas, que jamais haviam sido servidas naquela casa.

— Queiram sentar-se, meus caros amigos, disse o rapaz em seguida.

Ninguém esperou segundo convite; sentaram-se e comeram à tripa forra, porque por mais que comessem as terrinas e travessas nunca se esvaziavam.

O estalajadeiro, que de um canto acompanhava a cena, pôs-se a refletir na mina que para ele constituiria aquela mesa.

Terminada a refeição, retiraram-se os hóspedes para seus quartos e o carpinteiro encostou a mesa mágica à parede, indo também para a cama. O estalajadeiro continuou a refletir. De repente, lembrou que possuía no quarto dos badulaques uma mesa velha muito parecida com a do moço e do mesmo tamanho. Foi buscá-la e trocou uma pela outra.

No dia seguinte, o carpinteiro levantou-se, pagou a conta, pôs a mesa às costas e lá se foi, sem desconfiar de coisa nenhuma.

Quando chegou à casa paterna, o velho alfaiate o recebeu com a maior alegria. Abraçou-o, beijou-o e disse:

— Agora, meu filho, conte-me tudo quanto aprendeu durante o tempo em que andou pelo mundo.

— Tornei-me carpinteiro, meu pai.

— Muito bom ofício, não há dúvida, aprovou o velho. E que lembrança trouxe desses tempos?

— Trouxe esta mesa, meu pai.

O velho examinou a mesa e não achou nela nada de mais.

— Se foi comprada, fez um mau negócio, meu filho, porque é uma mesa velha, que nada vale.

— Engano seu, meu pai. Esta mesa tem a propriedade de pôr-se sozinha. Basta que eu diga "Põe-te, mesa!" para que imediatamente se cubra dos melhores pratos e dos melhores vinhos. Quero que meu pai convide todos os nossos amigos para o grande banquete que desejo oferecer-lhes.

O velho alfaiate convidou todos os seus amigos e parentes. Quando a sala se encheu, o moço colocou a mesa no meio da sala e repetiu o "Põe-te, mesa!". Mas a mesa não deu sinal de si. Continuou tão vazia como qualquer outra que receba ordem semelhante.

O desapontamento foi geral. Todos se riram do moço, tomando-o como impostor, e retiraram-se de barriga vazia, arrenegando da pernada inútil. O pai, muito triste, retomou a sua agulha e o moço teve de arranjar emprego numa oficina da cidade.

O segundo filho do alfaiate expulso de casa encontrou serviço no moinho de um moleiro, cuja arte tratou de aprender. Quando o moleiro viu que nada mais podia ensinar-lhe, chamou-o de parte e disse:

— Em recompensa de me haver servido com tanta

diligência, quero dar a você um asno valiosíssimo, embora não puxe carroça, nem carregue cargas ao lombo.

— Para que serve, então?

— Para vomitar ouro. Basta que lhe ponha no focinho um embornal e pronuncie a palavra "Bricklehrit!" No mesmo instante, de sua boca começarão a cair moedas de ouro no fundo do embornal.

— De fato, é impossível haver presente mais valioso, disse o rapaz e, agradecendo de coração ao bom moleiro, partiu a correr mundo.

Desde esse dia, nunca mais teve necessidade de ganhar dinheiro. Bastava dirigir ao asno aquela palavra mágica e imediatamente de sua boca vinham ao chão moedas e mais moedas de ouro. Ao moço, restava apenas o trabalho de juntá-las. E por onde passava, comia e bebia do melhor, porque sua bolsa se conservava sempre cheia. Depois de correr muitas terras, lembrou-se de regressar à cidadezinha natal. O pai, com certeza, já o havia perdoado e, além do mais, sentir-se-ia feliz de ver em casa um burro daqueles.

De volta para casa aconteceu hospedar-se na mesma hospedaria em que estivera o seu irmão carpinteiro. Logo ao chegar e ao apear, o estalajadeiro ofereceu-se para conduzir o burro à estrebaria.

— Não se incomode, respondeu o rapaz; eu

mesmo levarei o burrinho à cocheira porque é esse o meu costume.

O estalajadeiro torceu o nariz, calculando que, se o seu novo hóspede estava acostumado a tratar ele mesmo do burro, era sinal de que não tinha dinheiro. Qual não foi, pois, o seu espanto, momentos após, vendo o hóspede abrir uma bolsa atochada de ouro.

O estalajadeiro serviu-lhe o melhor jantar que pôde e, ao apresentar a conta, pediu um despropósito — ou dez vezes mais do que valia o serviço. O rapaz viu que não tinha na bolsa dinheiro suficiente e disse:

— Espere um bocado que já venho, senhor estalajadeiro, e, tomando consigo a toalha da mesa, dirigiu-se para a cocheira.

O estalajadeiro ficou atônito, mas, levado da ganância, seguiu o rapaz às escondidas. Viu-o entrar na estrebaria, estender a toalha sob o focinho do burro e dizer "Bricklehrit!" Imediatamente da boca do animal jorrou um chuveiro de moedas que tilintaram no chão.

— Pelas barbas de Abraão!, exclamou o estalajadeiro. Um burro como este é que me convinha na vida!

Minutos depois, o filho do alfaiate pagou a conta e foi dormir. O estalajadeiro, então, dirigiu-se à estrebaria e trocou o burro mágico por um burro à toa.

No dia seguinte, o moço deixou a estalagem sem desconfiar de coisa nenhuma. Ao meio-dia, desceu na porta da casa de seu pai, que o recebeu com grande alegria.

— Que ofício aprendeu, meu filho?, indagou o velho.

— O de moleiro, respondeu o rapaz.

— E que trouxe de importante?

— Um burro apenas.

— Antes houvesse trazido uma cabra, disse o velho, pois que burros iguais a esse aqui não faltam.

— Engano, meu pai. Este burro é mágico. Basta que eu pronuncie perto dele a palavra "Bricklehrit!" para que uma chuva de moedas de ouro caia da sua boca. Quero que meu pai mande chamar os seus amigos para que assistam ao prodígio — eu os farei ricos a todos.

— Bravo!, exclamou o velho entusiasmado. Isso será ótimo, porque já ando cansado da agulha.

Foram feitos os convites e vieram todos na maior curiosidade. Formaram um círculo em torno do burro e abriram a boca no momento em que o moleiro estendeu no chão uma toalha.

— Agora, meus senhores, atenção!, pediu o moço — e voltando-se para o burro pronunciou a palavra mágica "Bricklehrit"!

Mas nem um só níquel caiu da boca do animal, ficando provado que ele não entendia nada da arte de fabricar dinheiro. O rapaz, desapontadíssimo, pediu desculpas, explicando que lhe haviam trocado o burro. Os convidados, pela segunda vez, retiraram-se furiosos da vida, arrenegando contra os filhos do alfaiate.

O velho suspirou e voltou à costura, enquanto o pobre moço se empregava como ajudante num moinho próximo.

Com o terceiro filho aconteceu o seguinte. Ao ser expulso da casa paterna, foi empregar-se numa oficina de torneiro, onde seus progressos correram lentos, porque a arte é difícil. Estava ainda lá quando recebeu carta dos irmãos contando como haviam sido miseravelmente roubados pelo tal estalajadeiro. Depois, resolveu sair a correr mundo. Ao despedir-se do patrão, recebeu de presente um saco.

— Leve este saco, disse ele. Dentro há um cacete.

— Levarei o saco de muito boa vontade, porque me pode ser útil. Mas para que quero um cacete?

— Esse cacete vale muito, volveu o torneiro. Todas as vezes que você disser "Salta fora, meu cacete!" ele pulará do saco e cantará na cabeça de quem estiver perto, sem dó nem piedade. E enquanto não receber ordem para recolher-se ao saco, não parará com o espancamento.

O rapaz agradeceu o precioso presente e partiu. Ah! Pôde correr mundo à vontade. Ninguém o aborrecia, nem lhe contava histórias. Por mais valente que fossem os adversários, o cacete, logo que recebia ordem, saltava do saco e era aquela beleza!

Uma noite, o rapaz deu com os costados na célebre hospedaria. Colocou sobre a mesa o saco e começou a descrever as grandes coisas vistas pelo mundo.

— Sim, dizia ele. Há no mundo verdadeiras maravilhas, como mesas que se põem sozinhas e burros que vomitam ouro; mas tudo isso é nada diante do tesouro que trago dentro deste saco.

O estalajadeiro arregalou o olho, e ficou a pensar que o saco só poderia conter brilhantes. Como conseguir apoderar-se dele?

Quando chegou a hora de dormir, o moço estendeu-se num dos bancos da sala, com a cabeça apoiada sobre o saco, e fingiu dormir. Dali a pouco, o estalajadeiro veio vindo pé ante pé e começou a puxar o saco devagarinho, com o máximo cuidado para não despertar o dono. Havia arranjado um saco igual àquele para fazer a troca, como fizera à mesa e ao burro. Mas o moço, que justamente esperava por aquilo, limitou-se a dizer em certo momento "Salta fora, cacete!" e foi tiro e queda. O cacete pulou de dentro do saco e desancou sem dó nem piedade o estalajadeiro ladrão.

O homem berrava, fugia dum lado para outro, pedindo misericórdia — mas, quanto mais pulava, mais o cacete lhe batia. Por fim caiu, completamente exausto.

Só então o moço lhe disse:

— Se não devolver a mesa e o burro mágicos, o cacete ficará a espancá-lo toda a vida.

— Não! Não!, gemeu debilmente o desgraçado. Devolvo mesa, burro e tudo, mas primeiro faça este maldito cacete parar com a surra.

— Pois vamos ver isso, disse o moço — e deu ordem ao cacete de voltar para o saco.

Na manhã seguinte, o jovem torneiro deixou a estalagem levando a mesa às costas do burro e mais o saco do cacete. Tocou para a casa paterna, onde o velho pai, depois de abraçá-lo, perguntou que havia aprendido pelo mundo.

— Sou torneiro, meu pai.

— Arte difícil, murmurou o velho. E que trouxe de novidade?

— Um cacete, meu pai.

— Quê?, exclamou o velho. Um cacete? Não era preciso andar por tão longe para tão pouco. Aqui em casa há madeira para fazer mais de mil cacetes.

— Mas nenhum valeria o meu, pai, pois basta que receba as minhas ordens e põe-se a desancar a quem está perto, que é um Deus me acuda. Veja. Com esse maravilhoso cacete consegui reaver a mesa mágica e o burro que vomita ouro, dos meus irmãos. Pode agora convidar todos os seus amigos que nenhum sairá daqui desapontado.

O velho não deu grande crédito às palavras do filho, mas mesmo assim mandou chamar os amigos. Logo que todos chegaram, o jovem torneiro pôs uma toalha debaixo do focinho do burro e chamando o irmão disse-lhe:

— Vamos. Pronuncie a palavra mágica.

O moço moleiro exclamou "Bricklehrit!" e no mesmo instante lindas moedas de ouro começaram a amontoar-se sobre a toalha, com grande assombro de todos. Era ouro e mais ouro, de causar inveja até a um rei. E, enquanto os convidados não encheram todos os bolsos, o moleiro não fechou aquela preciosa torneira.

Em seguida, a mesa foi colocada no meio da sala e chegou a vez do marceneiro dizer "Põe-te, mesa!".

Como por encanto, apareceu ela posta, com riquíssimos talheres e os melhores petiscos, desses que só os grandes cozinheiros sabem preparar. Todos os convidados comeram e beberam à tripa forra, retirando-se tarde da noite e contentíssimos.

No dia seguinte, o velho alfaiate guardou a agulha e a tesoura no fundo da gaveta e começou a viver vida nova em companhia de seus amados filhos.

E a cabrita? Oh, a cabrita sentiu-se tão envergonhada com o que lhe aconteceu que se enfiou pelo primeiro buraco encontrado no caminho. Era a morada de uma raposa, que andava caçando por perto. Ao voltar, deu a raposa com aqueles dois olhos que brilhavam no fundo da sua toca e fugiu espavorida. Um urso, que a viu correndo, indagou:

— Que é isso, mana raposa! Que foi que a assustou tanto?

— Ah, gemeu a raposa quase sem fôlego. Encontrei na minha toca uma fera horrenda, careca e com dois olhos de fogo.

— Deixe o caso comigo. Vou espantar de lá essa tal fera.

E foi. Mas, ao ver aquele monstro desconhecido, careca, com chifres e olhos de fogo, também fugiu na disparada. No caminho, encontrou uma abelha, que lhe perguntou:

— Que cara feia é essa, amigo urso?

— Uma fera terrível e desconhecida que está na casa da raposa. Ofereci-me para enxotá-la, mas, ao vê-la, perdi a coragem e fugi.

— Pois vou ver isso, disse a abelha. Apesar de pequenina, gosto de ajudar os amigos.

E foi. Entrou e reconheceu a cabra do alfaiate que muitas vezes vira pastando, aqui e ali. Só que estava careca. Sem medo nenhum, avançou e deu-lhe uma ferrotoada no focinho.

A cabra fugiu da toca que nem louca — e com certeza está correndo até agora!

{ Arthur Rackham . 1909 }

Rapunzel

Nos tempos de dantes, havia um homem e uma mulher cujo maior desejo era terem um filho; mas, apesar de estarem casados há muitos anos, não conseguiram ver a casa alegrada com um chorinho de criança.

A casa deles tinha uma janela nos fundos que dava para a horta duma vizinha que era bruxa. Um dia em que a mulher estava nessa janela espiando a horta da bruxa, viu um canteiro de rabanetes tão apetitosos que foi tomada de um desejo louco de comê-los. Mas, como? Eram rabanetes da bruxa e a bruxa não os dava a ninguém, nem vendia por dinheiro nenhum. E a mulher começou a pensar naquilo dia e noite. Quanto mais pensava, mais apertava o seu desejo. E foi indo até ficar doente.

O marido assustou-se com a tristeza da esposa e perguntou:

— Mas, afinal de contas, o que é que tem você, mulher?

— Ai!, gemeu ela. Se não como pelo menos um rabanete da horta da vizinha, tenho a certeza de morrer.

O marido, que gostava muito dela, resolveu satisfazer-lhe o desejo, conseguindo um daqueles rabanetes, custasse o que custasse.

Pensou, pensou sobre o meio e, à noite, saltou o muro da vizinha e colheu um rabanete. Fez uma saladinha e levou-a à mulher. Foi um regalo. Nunca na vida um rabanete foi mais apreciado; mas, no dia seguinte, o desejo voltou e a mulher pediu ao marido que pulasse de novo o muro e trouxesse dois.

O marido assim fez. Pulou o muro; mas, quando estava arrancando os dois rabanetes, a bruxa surgiu, de mãos na cintura e cara muito feia.

— Como se atreve a pular o muro para vir furtar meus rabanetes?, esbravejou, com voz colérica.

— Perdoe-me, senhora, suplicou o coitado. Se cometi essa feia ação foi apenas para salvar a vida de minha querida mulher. A pobre viu esses rabanetes lá da janela e tomou-se de tal desejo que até caiu de cama. Se não comesse pelo menos um, morreria.

Esta explicação acalmou a cólera da bruxa, que disse:

— Se é verdade o que está contando, dou licença de levar não um, nem dois, mas quantos rabanetes quiser. Isso, porém, com uma condição: darem-me a criança que sua mulher vai ter. Eu sou rica e hei de tratá-la como se fosse minha filha.

Na sua aflição, e para ver-se livre dos apuros, o homem aceitou a proposta.

Meses mais tarde, a mulher teve uma filhinha; no mesmo dia a bruxa apareceu e levou-a, dando-lhe o nome de Rapunzel.

Essa Rapunzel cresceu, tornando-se a mais linda menina do mundo; mas, quando fez doze anos, foi encerrada pela bruxa numa torre altíssima, lá no meio da floresta — uma torre sem escada para subir, nem porta. Só havia uma janelinha na parte mais alta. Quando a bruxa queria entrar, chegava embaixo da janelinha e gritava:

Rapunzel! Rapunzel! Lança-me as tuas tranças!

Isso porque Rapunzel tinha uma cabeleira magnífica,

de fios longuíssimos e mais louros que o ouro. Assim que a menina ouvia aquela voz, desfazia as tranças e soltava pela janelinha a cabeleira dourada para que a bruxa subisse por ela.

Certo dia em que um príncipe veio caçar naquela floresta, aconteceu-lhe avistar de longe a torre. Tomado de curiosidade, aproximou-se. Um canto maravilhosíssimo partia lá de dentro. O príncipe deteve seu corcel e ficou absorvido a ouvir. Quem cantava era Rapunzel e cantava para disfarçar o aborrecimento de viver ali tão sozinha.

O príncipe quis entrar na torre; mas, por mais voltas que desse, não viu nem sinal de porta — e voltou para o seu palácio. Aquela voz de anjo, entretanto, não lhe saía dos ouvidos e o moço começou a ir todas as tardes rondar a torre furtivamente. Numa dessas vezes, em que estava oculto atrás de um tronco de árvore, viu a bruxa aparecer, parar debaixo da janela e gritar:

Rapunzel! Rapunzel! Lança-me as tuas tranças!

Logo a seguir, viu a menina aparecer à janela, a desfazer as tranças — e pela cabeleira solta subir a bruxa.

— Hum!, exclamou o príncipe para consigo mesmo. Já sei agora qual é a escada dessa torre.

No dia seguinte, o príncipe voltou para ali e, parando diante da janelinha, repetiu as palavras da bruxa:

Rapunzel! Rapunzel! Lança-me as tuas tranças!

Não demorou muito e a cabeleira loura escorreu pela torre abaixo. O príncipe agarrou-a e por ela foi subindo e subiu e pulou para dentro.

Quando a menina, em vez da bruxa, viu tão lindo rapaz, mostrou-se assustadíssima, porque era a primeira vez na vida que punha os olhos em um homem. Mas o susto foi passando aos poucos, à medida que o príncipe lhe dirigia as mais doces palavras de amor. E, quando finalmente o moço indagou se ela queria casar-se com ele, Rapunzel compreendeu que o casamento era o único meio de livrar-se daquela prisão. E aceitou a proposta.

— Sim, disse ela, estendendo a mão ao príncipe. Estou pronta para casar consigo; só não sei como descer desta maldita torre. O melhor será o seguinte: cada vez que vier visitar-me, deverá trazer uma meada de seda, com a qual irei tecendo uma escada. Quando essa escada estiver do comprimento necessário, então descerei e fugirei na garupa do seu corcel.

E também combinaram que ele só subiria à torre

de noite, visto como a bruxa passava ali o dia. E assim começaram a fazer sem que a feiticeira nada percebesse.

Certa vez, porém, Rapunzel lhe disse com toda a inocência:

— Mãe, como é que a senhora custa tanto a subir pelo meu cabelo e o príncipe sobe em três tempos?

— Oh, desgraçada!, exclamou a bruxa furiosa. Eu fiz tudo para separá-la do mundo e não é que você me anda com príncipes por aqui?

E, agarrando-a pelos cabelos, arrastou-a pela sala e deu-lhe uma grande surra; por fim, cortou-lhe o cabelo com uma tesoura. Não contente com isso, levou-a para um deserto, onde a abandonou sozinha na mais triste miséria. Voltou então à torre e amarrou a cabeleira cortada à janela.

Quando foi de noite, o príncipe veio e gritou como de costume:

Rapunzel! Rapunzel!
Lança-me as tuas tranças!

A bruxa então jogou para fora as tranças e deixou que o príncipe subisse por elas. Coitado! Ao chegar lá em cima, em vez da linda namorada, o que viu foi a horrenda cara da bruxa.

— Ah! Ah! Ah!, gargalhou ela diabolicamente. Veio buscar a namorada, não é? Pois o rouxinol já não está neste ninho. Uma gata o levou para bem longe e vai agora arrancar-lhe os dois olhos. Não pense mais em Rapunzel. Rapunzel morreu.

O príncipe ficou desvairado de dor ao ouvir tais palavras e no seu desespero atirou-se da torre abaixo. Não morreu da queda, visto ter caído sobre uma touceira de espinhos — mas teve os dois olhos furados, sem poder regressar para o seu reino. Ficou vivendo na floresta, alimentando-se de raízes e frutas silvestres, sempre a chorar a perda da noiva adorada.

Um dia, o destino o conduziu para o deserto onde se achava a moça, a qual o reconheceu imediatamente. Abraçaram-se entre lágrimas de amor — e as lágrimas de Rapunzel haviam ficado tão milagrosas com os anos de martírio que uma que molhou os olhos do príncipe fez com que ele recuperasse a vista num instante.

Voltaram então para o reino, onde foram recebidos com grandes festas.

A bruxa ninguém soube que fim levou. Com certeza engasgou-se com os seus rabanetes e morreu asfixiada. Se foi assim, bem-feito!

{ *Arthur Rackham . 1909* }

O Rei da Montanha de Ouro

Era uma vez um negociante que só tinha um filho, um menino que ainda estava engatinhando. Havia mandado a outro país um navio carregado de mercadorias e esperava ganhar muito dinheiro nesse negócio; mas o navio naufragou e lá se foi tudo quanto ele possuía. Ficou assim pobre de um momento para outro; da sua fortuna só lhe restava uma pequena chácara fora da cidade, para a qual se retirou a fim de chorar à vontade as suas tristezas. Um dia em que estava na casinha deserta, passeando de cá para lá de mãos nas costas, apareceu-lhe uma figurinha preta, muito feia, que indagou dos seus negócios.

— Que adianta dizer, se ninguém pode ajudar-me?, respondeu o negociante.

— Quem sabe lá se posso ou não?, replicou a figurinha.

Então, o negociante foi e contou que toda a sua fortuna se perdera num naufrágio, só lhe restando aquele pedacinho de terra.

— Não se amofine por mais tempo, disse a figurinha, e se me promete trazer aqui, de hoje a doze anos, a primeira coisa que esbarrar em sua perna quando o senhor entrar na sua casa da cidade, eu lhe darei quanto dinheiro quiser.

O homem pensou num cachorro que havia na casa da cidade e era sempre quem o recebia quando ele entrava de fora. Não achou perigoso fazer o juramento que a figurinha exigia. Um pacto foi assinado.

Logo depois, voltou à cidade e, ao entrar em casa, sentiu logo qualquer coisa apoiar-se em seu joelho: era o filhinho que estava começando a andar. O pobre pai lembrou-se do pacto e sentiu-se apavorado, pois teria de entregar à figurinha aquele menino dali a doze anos.

Mas, como não encontrasse dinheiro nenhum na casa, não deu grande importância ao incidente, certo de que a figurinha havia mangado com ele.

Um mês mais tarde, entretanto, foi ao armário buscar um velho e pesado serviço de chá feito de chumbo, que queria vender a peso para comprar pão, e com grande espanto viu que estava transformado em ouro. O mesmo acontecia com outros objetos de metal lá guardados. Vendeu aquele ouro e tornou-se ainda mais rico do que fora antes.

Nesse meio-tempo, o menino ia crescendo, e quanto mais se aproximava da idade dos doze anos, mais o coração do negociante se apertava. Um dia, o filho indagou da razão de tanta tristeza. O pai, a princípio, teve escrúpulo em contar; depois, contou tudo — toda a história do juramento que iria obrigá-lo a entregar o seu querido filho à figurinha.

— Meu pai, respondeu o menino, não se aborreça com isso, porque farei de um jeito que a figurinha não tenha nenhum poder sobre mim.

O tempo foi correndo e, afinal, o prazo da entrega chegou. Dirigiram-se os dois para um campo deserto onde o menino traçou no chão um círculo dentro do qual ficou junto com o pai.

Logo depois, apareceu a figurinha.

— Trouxe o que prometeu?, indagou ela do negociante, que se conservou calado; quem respondeu foi o menino:

— Que é que você quer aqui, figurinha?

— Vim falar com seu pai e não consigo.

— Você enganou e traiu meu pai, tornou o menino, e agora tem de desmanchar o pacto que ele assinou.

— Nunca!, foi a resposta. Estou no meu direito de exigir o prometido.

Começou a discussão, e depois de muito discutirem ficou assentado que, como o menino não quisesse obedecer à figurinha e como já não pertencesse ao seu pai, a única solução seria pô-lo num bote e soltá-lo rio abaixo. Não ficaria assim pertencendo nem a um nem a outro, e sim ao acaso. O menino, então, despediu-se de seu pai, entrou no bote e deixou que a embarcação flutuasse ao sabor da correnteza. Logo adiante, o bote virou, e o triste negociante voltou para casa em lágrimas, certo de que o seu querido filho tinha morrido afogado.

Mas tal não se dera. Quando o bote virou, o menino soube agarrar-se, e, assim agarrado, foi descendo o rio até que pôde tomar pé numa prainha que dava para um palácio encantado.

O menino dirigiu-se para lá. Entrou. Não viu ninguém. Todas as salas estavam completamente vazias; só na última pôde descobrir um vivente — uma cobra enrodilhada. A alegria da cobra ao vê-lo foi imensa e ela imediatamente falou:

— Veio libertar-me? Oh, felicidade! Há doze anos que espero este momento feliz. O meu reino foi vítima dum encanto que só poderia ser quebrado com a sua presença aqui.

— E de que modo posso quebrar esse encanto?, indagou o menino.

— Vou contar. Esta noite aparecerão aqui doze anões negros, que estranharão a sua presença no palácio. Mas você não responderá a nenhuma das suas perguntas. Eles irão maltratá-lo com pancadas e outros tormentos. Se você resistir e nada disser, eles se afastarão e passarão doze anos sem voltar.

— Na noite seguinte virão outros doze anões, e na terceira noite vinte e quatro, e estes cortarão a sua cabeça com uma faca. Não faz mal.

— À meia-noite em ponto o poder deles acaba, eu farei você viver de novo com umas gotas da água vital.

— Muito bem, aceito, disse o menino. Quero quebrar esse encanto.

E tudo aconteceu como a cobra previu. Os anões

negros vieram e por mais que fizessem não conseguiram arrancar do menino uma só palavra; a mesma coisa na segunda noite; e na terceira apareceram os vinte e quatro anões que o degolaram. Mas, logo em seguida, chegou a meia-noite e a cobra pingou água vital sobre a cabeça do menino, fazendo-o voltar à vida incontinenti. E, então, não viu mais cobra nenhuma, e sim uma donzela de maravilhosa beleza, que o abraçava e beijava no meio da barulheira do palácio, de novo restituído à animação da vida. O casamento foi celebrado no mesmo dia e o rapaz tornou-se o Rei da Montanha de Ouro.

O novo casal viveu muito feliz, com o palácio alegrado pelo nascimento do primeiro filhinho.

Mas, à medida que o tempo corria, o moço começava a sentir apertos no coração. Eram saudades de seu pai. Por fim, resolveu ir visitá-lo. A rainha não gostou nada da ideia, mas tanto foi insistida que acabou cedendo.

Sei que essa viagem vai trazer-nos desgraça, dizia ela.

No dia da partida, a rainha deu ao esposo um anel mágico.

— Leve esta prenda no dedo; sempre que desejar qualquer coisa, basta que lhe dê uma volta. Mas prometa-me que não desejará que eu apareça diante de seu pai, sim?

O rei prometeu e, dando uma volta no anel, desejou

ser transportado imediatamente para a casa do seu pai. No mesmo instante, encontrou-se perto da cidade em que ele morava — mas não pôde entrar. Os guardas estranharam o seu vestuário de rei desconhecido e tiveram medo de complicações. Ele, então, dirigiu-se a uma cabana rústica, onde se disfarçou de humilde camponês. Assim vestido, entrou na cidade facilmente e apresentou-se na casa paterna.

O pai não o reconheceu e não quis acreditar nas maravilhas contadas pelo filho, tanta era a sua certeza de que o menino havia morrido afogado.

O moço insistiu e por fim propôs:

— Não se lembra de algum sinal em meu corpo que lhe permita reconhecer-me como o seu filho perdido?

— Sim, disse o pai. Meu filho tinha no ombro um sinal de nascença que era um perfeito morango.

— Aqui está o morango, disse o rapaz, abrindo a camisa.

Não podia haver mais dúvidas, e o pai reconheceu-o como o filho julgado morto. Então, o moço contou que era agora rei — o Rei da Montanha de Ouro, casado com uma linda princesa e já com um filhinho de sete anos.

O pai não acreditou.

— Impossível, meu filho! Isso são lorotas. Onde já se viu um rei vestido dessa maneira?

Aquela incredulidade desesperou o rapaz, e o levou a esquecer da promessa feita à rainha.

Na ânsia de demonstrar ao pai que era mesmo rei, ele deu volta ao anel e desejou que a rainha e o filhinho aparecessem ali.

Assim foi. A rainha e o príncipe de sete anos surgiram na sala incontinenti; mas a rainha apareceu em lágrimas, queixando-se da quebra da promessa, fato que ia torná-la infeliz.

O esposo desculpou-se, dizendo que fizera aquilo num momento de desespero diante da incredulidade de seu pai — e a rainha fez que se conformou com a explicação.

Nesse mesmo dia, mais tarde, o rei a levou para os arredores da cidade a fim de mostrar-lhe o rio em que o bote havia naufragado. Depois, sentaram-se e o rei descansou a cabeça no colo da rainha, acabando por dormir a sono solto. A rainha então tirou-lhe do dedo o anel mágico e, escorregando com o colo, repousou a cabeça do rei no chão, muito devagarinho. Em seguida, tomou nos braços o menino e, dando volta ao anel, desejou ser imediatamente transportada ao seu reino.

Quando o rei acordou, viu-se só, sem a esposa, sem o filho e também sem o anel mágico. Ficou muito triste, a refletir. Viu que voltar para a casa de seu pai era impossível; todos começariam a julgá-lo feiticeiro; a solução única seria correr mundo a ver se encontrava de novo o seu reino perdido.

Pôs-se a caminho. Foi andando, andando, andando, até que numa floresta encontrou três gigantes. Estavam de briga por causa de uma herança. Os gigantes chamaram-no.

— Venha cá, homenzinho. Talvez consiga fazer uma repartição que nos agrade.

A herança consistia em três coisas. Uma espada que, ao ouvir a ordem de "Cabeças fora, menos a minha!", roçava quanta cabeça houvesse perto; um relógio que tornava seu possuidor invisível; e um par de botas que levava quem as calçasse para onde ele quisesse.

O moço pensou uns instantes e disse:

— Preciso, primeiro, examinar essas três coisas para ver se estão em ordem.

Os gigantes concordaram, e em primeiro lugar apresentaram o relógio.

O rei lhe deu corda e imediatamente se sentiu transformado em mosca invisível.

— Está em ordem, disse o rei, voltando à sua forma primitiva. E a espada? Deixem-me ver a espada.

— Oh, isso não!, declarou um dos gigantes. Você, para experimentá-la, tem de dizer a palavra mágica — e lá se vão as nossas cabeças, só ficando a sua.

Mas o moço insistiu, prometendo que a experimentaria nas árvores próximas. Os gigantes afinal concordaram e a espada arrasou num relance com todas as árvores, como se fossem canas.

— Está em ordem, disse o rei. Quero agora examinar as botas.

— Isso não, disseram os gigantes. Se vai examiná-las, terá de metê-las nos pés e você pode sumir-se, deixando-nos a ver navios.

Mas o rei prometeu que não faria semelhante coisa e eles lhe deram as botas. O rei calçou-as, mas nesse momento sentiu tal saudade da esposa e do filhinho que resolveu pregar uma peça nos gigantes.

— Muito bem, disse ele. Os objetos da herança já vi que estão em perfeito estado; mas, como sou o juiz e acho que os herdeiros não merecem entrar na posse da herança, fico-me com ela em paga dos meus serviços.

Disse e desapareceu. As botas levaram-no incontinenti à Montanha de Ouro. Ao aproximar-se do palácio, viu que estava em festas; de todos os lados músicas e folguedos. Indagou do que havia e soube que, tendo a rainha enviuvado, reunira os príncipes dos reinos vizinhos para entre eles escolher novo esposo.

O rei então deu corda no relógio e penetrou no palácio. Ninguém o viu, porque se tornara invisível. Foi para o salão de festas, onde um grande banquete ia no apogeu, presidido pela rainha.

O rei colocou-se atrás dela e começou a tirar de seu prato tudo quanto lhe era servido.

Todos se assombraram com aquele mistério e a rainha levantou-se da mesa a chorar de raiva e recolheu-se ao quarto. O rei a seguiu, sempre invisível. Lá dentro, deu corda no relógio para trás e assim se tornou de novo bem visível.

— Oh, você!, exclamou a rainha no auge do espanto.

— Sim, eu, mulher ingrata! Que fiz para merecer o abandono numa terra distante, eu que fui o seu desencantador?

A rainha caiu em si e, sentindo o coração inundado de todo o amor antigo, pediu-lhe perdão. Em seguida, voltou à sala e explicou aos convivas que o seu querido esposo havia reaparecido e que, portanto, todos podiam retirar-se.

Logo que o bom rei entrou na posse dos seus domínios, a primeira coisa que fez foi mandar buscar o velho pai para que vivesse ali pelo resto da vida.

{ Arthur Rackham . 1909 }

A Água da Vida

Era uma vez um rei que vivia muito feliz em seu reino.

Mas adoeceu; ficou tão mal que já não lhe restava nenhuma esperança de cura. Seus filhos, que eram três, mostraram-se tristíssimos com a cruel doença do pai.

Um dia em que choravam as mágoas no jardim do palácio, apareceu-lhes um velho de grandes barbas brancas que indagou da causa de tamanha tristeza. E, quando soube que os médicos já haviam desenganado o rei, disse-lhes:

— Só existe um remédio capaz de curá-lo; é a famosa Água da Vida. Mas é muito difícil obtê-la.

Essas palavras assanharam os príncipes, que insistiram em saber como se obtinha a água maravilhosa. O velho explicou mal e mal, porque de fato não tinha certeza do modo de consegui-la.

O príncipe mais velho foi imediatamente aos aposentos do rei contar o caso, declarando que desejava correr mundo em busca desse remédio.

— Sei bem que essa água maravilhosa existe, murmurou o velho rei; mas corre tantos perigos quem a procura que prefiro morrer a ver um filho meu metido em tal aventura.

O príncipe, entretanto, insistiu de tal modo que o pai acabou cedendo. A ideia desse príncipe era que, se conseguisse obter a água salvadora, tornar-se-ia o filho predileto e fatalmente herdaria o trono. Partiu, pois, montado num fogoso corcel, e tomou pelo caminho indicado pelo velho. Ao fim de alguns dias de viagem, atravessando uma floresta, apareceu-lhe um anão esfarrapado, que indagou:

— Aonde vai com tanta pressa, meu rapaz?

— Que é que tem você com isso, bicho imundo?, foi a resposta do príncipe, que nem sequer sofreou o cavalo.

O anão, enfurecido com a grosseria, rogou-lhe uma praga em consequência da qual o príncipe se viu logo entalado sem saber como, entre duas barrancas do caminho. Entalado de forma que não podia avançar, nem recuar, nem sequer descer do cavalo. Ficou ali de castigo, padecendo fome e sede, mas sem morrer.

Passados quinze dias, como o viajante não reaparecesse, o segundo príncipe ficou contentíssimo e certo de que o irmão tinha morrido; desse modo poderia ele tornar-se o herdeiro do trono.

Foi ter com o pai e pediu-lhe permissão para correr mundo em busca da Água da Vida. O pai respondeu o mesmo que havia respondido ao primeiro, e afinal, também acabou cedendo. O segundo príncipe então montou a cavalo e tomou pelo mesmo caminho. Alguns dias depois, apareceu-lhe o anão com a mesma pergunta.

— Para onde se atira, meu rapaz?

— Oh, indecentíssimo pedaço de gente! Sai da minha frente antes que te ponha o cavalo em cima.

O anão saltou para um lado e rogou-lhe a mesma praga rogada contra o primeiro — e o segundo príncipe ficou também entalado logo adiante, sem poder sequer mexer-se.

Vendo que seus irmãos demoravam em voltar, o

príncipe mais moço foi pedir ao pai licença para correr mundo atrás da Água da Vida. O pai fez as mesmas observações e pela terceira vez cedeu. O jovem príncipe montou no seu cavalo e partiu.

Ao chegar onde morava o anão, este pulou-lhe à frente com a pergunta de sempre.

— Para onde vai com tanta pressa, meu rapaz?

O jovem príncipe era de natureza amável e delicadíssimo. Assim foi que respondeu:

— Ando a correr mundo em procura da Água da Vida, o único remédio que pode salvar meu pobre pai.

— Bem. Já que respondeu com delicadeza, vou indicar o caminho que deve seguir. Escute. Logo que deixar a floresta, não se meta pelo desfiladeiro que vir pela frente. Vire à esquerda e siga até uma encruzilhada; aí tome à direita. Depois de dois dias de marcha, há de encontrar um castelo encantado: é lá que existe a Água da Vida. Este castelo está fechado por um grande portão de ferro, mas basta que o toque com esta varinha para que se abra de par em par. Entre. Não se assuste com os dois leões que aparecerem de bocas escancaradas. Basta que lhes dê estes dois bolos para que sosseguem. No parque desse castelo é que existe a fonte de Água da Vida. É só.

O príncipe agradeceu gentilmente aquelas informações e pôs-se a caminho. Fez tudo da maneira indicada e por fim avistou o castelo.

Parou diante do imenso portão e o abriu com um simples toque da varinha. Assim que entrou, os dois leões de bocas escancaradas arremessaram-se contra ele — mas jogou os bolos e as feras transformaram-se em cordeirinhos.

Em vez de dirigir-se à fonte de Água da Vida, o príncipe não resistiu à tentação de penetrar no interior do castelo, cujas portas estavam abertas. No primeiro salão, que era luxuosíssimo, viu, imersos em sono profundo, vários príncipes e numerosos fidalgos. Sobre uma mesa, avistou uma espada e uma sacola de trigo e, com a ideia de que tais objetos lhe poderiam ser úteis, tomou-os consigo.

Andou de salão em salão, até que no último deu com uma princesa de deslumbrante formosura, a qual se adiantou e declarou que o encantamento em que estava o reino havia sido quebrado pela audácia de ele penetrar no castelo. Os efeitos do encantamento, porém, só cessariam mais tarde.

— Só dentro de um ano, disse ela. Volte cá por essa época, meu príncipe, que o aceitarei como esposo bem-amado.

Em seguida, indicou-lhe o local da fonte miraculosa e despediu-se, avisando-o de que saísse do castelo antes de o relógio do torreão bater as doze badaladas do meio-dia, porque nesse momento exato os portões se fechariam.

O príncipe fez-se de volta e foi atravessando os salões por onde passara, até que num deles viu um fofo divã altamente convidativo. E, como estivesse cansado da longa viagem, lembrou-se de tomar um breve repouso. Mas dormiu, e, se não fosse a espada lhe cair no chão com um movimento que fez, perderia a hora e ficaria prisioneiro do castelo.

Faltava apenas um minuto para o meio-dia; o príncipe mal teve tempo de correr ao parque, encher um frasco na fonte de Água da Vida e fugir.

Ao cruzar os batentes da entrada, soou o relógio do torreão e os portões de ferro fecharam-se com estrondo. Por um triz não foi apanhado — mesmo assim perdeu uma das esporas.

Estava salvo e vitorioso! Ia também salvar a vida do seu amado pai — e, ansioso de ver-se no palácio, pulou sobre a sela e partiu no galope. Ao atravessar a floresta do anão, encontrou-o no mesmo ponto.

— Fez bem de trazer essa espada e esse saquinho

de trigo, disse o anão. É uma espada mágica com a qual um só homem pode vencer todo um exército, e com o trigo desse saquinho é possível alimentar-se todo um reino, porque por mais que o esvaziem nunca se esvazia.

Muito se alegrou o príncipe de conhecer os prodigiosos dons da espada e do saquinho, mas a lembrança dos seus irmãos perdidos veio entristecê-lo. E perguntou ao anão se nada poderia fazer por eles.

— Posso, disse o anão. Acham-se entalados entre barrancas, não longe daqui, por castigo de serem orgulhosos e insolentes. Roguei-lhes eu essa praga.

O príncipe pediu-lhe encarecidamente que libertasse os irmãos e tanto insistiu que o anão cedeu.

Mas vai arrepender-se, disse-lhe ele. Nunca se fie em tais príncipes. São maus de coração. Vou libertá-los apenas porque me pede.

Dizendo isto, o anão desfez a praga e imediatamente as barrancas se afastaram e os entalados puderam desentalar-se. Minutos depois, reuniram-se ao irmão mais moço, que não cabia em si de felicidade. Depois de uns minutos de descanso, em que o bom príncipe narrou todas as suas aventuras e o seu contrato de casamento com a princesa encantada, montaram de novo e prosseguiram na viagem.

Dias depois, chegavam a um reino devastado pela guerra e pela fome. O bom príncipe foi procurar o rei e lhe contou das virtudes da espada mágica, aconselhando-o a empregá-la contra seus inimigos. O rei aceitou e os exércitos invasores foram imediatamente derrotados e expulsos. O príncipe também deu ao rei o saquinho de trigo — e logo os celeiros se encheram até o forro do precioso cereal.

Estava salvo aquele reino, e, depois de receber muitos agradecimentos do rei e dos fidalgos da corte, o bom príncipe recolocou a espada mágica à cintura, guardou o saquinho de trigo e despediu-se.

Continuaram na viagem e, para encurtar caminho, resolveram tomar um navio. Foi nessa travessia que os maus príncipes começaram a conspirar contra o bom. Viram que ele chegaria ao reino de seu pai com a água milagrosa e salvaria o doente, tornando-se assim o filho predileto e o herdeiro do trono. O jeito era furtarem o frasco de Água da Vida, substituindo-o por outro de água salgada; também quiseram furtar a espada e o saquinho de trigo, mas estes objetos desapareceram de repente, quando os miseráveis lhes iam pondo a mão em cima.

Ao dar pela falta daqueles preciosos objetos, o bom príncipe sentiu muito; mas consolou-se vendo que o frasco de Água da Vida não havia desaparecido.

Contanto que pudesse salvar a vida de seu pai, o resto não tinha importância.

Afinal, chegaram. O bom príncipe correu ao quarto do doente e apresentou-lhe o maravilhoso remédio. O rei tomou dois goles, mas não só achou horrível o gosto como ainda piorou sensivelmente.

Nisto, entram no quarto os outros príncipes e acusam o mais moço de ter querido envenenar o pai, dando-lhe uma água choca em vez de Água da Vida. A verdadeira Água da Vida eram eles que a tinham — e mostraram o frasco furtado.

O rei bebeu e imediatamente sarou.

O bom príncipe retirou-se com o coração esmagado de dor e logo a seguir soube de tudo. Os outros vieram ter com ele e, entre gargalhadas de sarcasmo, trataram-no de palerma para baixo.

— Grandíssimo tolo! Enquanto você dormia a bordo sem nada desconfiar, entramos em sua cabina e trocamos o frasco de Água da Vida por outro de água salgada. E poderíamos, se quiséssemos, tê-lo atirado ao mar. Só de dó não fizemos isso. Mas muito cuidado agora, está ouvindo? Se se mete a dizer qualquer coisa ao nosso pai, não nos escapa. E também não pense em casar-se com a princesa desencantada. Vai ela agora pertencer a um de nós.

O pobre príncipe, traído assim miseravelmente e suspeitado pelo pai, a quem tanto amava, afastou-se do palácio amarguradíssimo — não de medo dos irmãos, mas ofendido pelo fato de o rei tê-lo julgado capaz de cometer uma infâmia. Isso ainda mais agravou a situação, porque o rei, vendo que o príncipe não se defendia, ficou certo de que era verdade o que os outros afirmavam. Chegou até a reunir secretamente os seus ministros para discutirem o caso, e nessa reunião resolveu-se que o ato do príncipe merecia castigo sério. O rei, então, condenou-o à morte. Um guarda do palácio o levaria a uma floresta e lá o mataria.

Mas esse guarda tinha grande amor pelo príncipe, que conhecera desde menino e cujo bom coração admirava, de modo que, ao penetrar na floresta, se mostrou em extremo inquieto. O príncipe indagou das razões daquilo — e o guarda contou tudo.

— Vamos dar um jeito nisto, disse o príncipe. Para que o rei não desconfie de nada e fique certo que suas ordens foram cumpridas, vestirei roupas de camponês e você lhe levará as minhas como prova de que me matou, conforme as instruções recebidas. E eu abandonarei para sempre o reino. Desse modo, tanto eu como você nos salvaremos.

Assim foi feito.

Poucos dias depois, apareceu uma faustosa embaixada do rei vizinho, incumbida de entregar ao bom príncipe os mais ricos presentes em agradecimento por ele ter salvado o reino da fome e da invasão do inimigo.

Esse fato abriu os olhos do rei; começou a refletir que um príncipe de caráter tão bom como era o seu filho mais moço, tão bom que até em viagem não cessara de praticar o bem, não podia ser culpado do crime de que era acusado.

E sentiu remorsos de o ter sacrificado de modo tão cruel.

A mudança do rei foi logo sabida no palácio e o guarda animou-se a contar a verdade.

Chegou-se ao amo e disse que o bom príncipe estava com vida, mas em lugar ignorado. Imediatamente o rei mandou fazer uma proclamação, declarando que considerava o seu filho inocente e lhe implorava que regressasse ao seio da família.

Todos ficaram sabendo disso, menos o maior interessado, que era o príncipe.

Andava por longe dali. Seu amigo anão viera em seu socorro e lhe presenteara com montões de ouro, de modo a poder levar vida de verdadeiro filho de rei. Por esse tempo já se havia passado quase um ano da sua visita ao castelo e aproximava-se o dia feliz do seu casamento com a princesa.

Esta princesa mandara calçar de ouro e pedras preciosas todo o centro da avenida que conduzia do portão à entrada do castelo e explicara aos seus criados:

— O filho do rei que vai ser meu esposo não tardará a chegar. Virá de galope bem pelo meio da avenida. Talvez também apareçam outros pretendentes, mas estes vão vir pela beira da estrada. Quero que sejam expulsos a chicote.

E assim foi. Quando fez exatamente um ano da visita do bom príncipe ao castelo, apareceu por lá, muito lampeiro, o príncipe mais velho, que não só furtara ao bom príncipe a Água da Vida como ainda queria furtar-lhe a noiva. Ao atravessar o portão e dar com aquela avenida calçada no meio de ouros e pedrarias, pôs o cavalo de um lado, para que com suas patas não estragasse tanta riqueza — e pelo lado direito aproximou-se do castelo. Foi recebido com chufas e corrido a chicote.

O segundo príncipe apareceu logo depois; atravessou o portão e tomou pelo lado esquerdo da avenida recoberta de joias. Foi também recebido com chufas e corrido a chicote.

Chegou finalmente o bom príncipe, deixando que o cavalo esmagasse todas aquelas joias, isso porque seu pensamento estava numa coisa só — na princesa. Quando desceu à porta do castelo, soaram cem fanfarras e rufaram cem tambores, ao mesmo tempo que inúmeros fidalgos se perfilavam pela escadaria para recebê-lo com todas as honras. No topo estava a princesa, mais deslumbrante que um sol. Recebeu-o com um beijo na testa.

Logo a seguir, realizou-se o casamento, com pompa jamais vista, e por toda uma semana durou a festa. O príncipe foi aclamado rei daquele reino que ele próprio havia desencantado, e entrou a governá-lo com rara sabedoria e prudência.

Depois de algum tempo, soube da proclamação feita por seu pai a respeito da sua inocência, e foi com a rainha visitá-lo. Teve então ensejo de contar-lhe toda a aventura da Água da Vida e de como fora traído e caluniado pelos seus irmãos.

O rei sentiu-se profundamente revoltado e mandou que seus arqueiros trouxessem à sua presença os dois criminosos. Eles, entretanto, já estavam longe. Tinham tomado um barco para fugir para terras distantes, onde esperavam viver sossegadamente. Não puderam. Uma tempestade sobreveio, que engoliu o navio — e assim acabaram ambos miseravelmente.

{ Rie Cramer . 1927 }

Pele de Urso

Era uma vez um rapaz muito corajoso, de nome Miguel. Desde menino o seu maior desejo sempre fora ser soldado e, ao chegar à idade própria, alistou-se num batalhão. Logo depois, veio uma guerra, na qual se comportou muito bem, combatendo sempre nas primeiras linhas. Quando a guerra acabou, Miguel viu-se dispensado e recebeu em paga dos seus serviços uma pequena soma de dinheiro.

De volta para a terra natal, Miguel já não encontrou os velhos pais, mortos durante a guerra; só viu na casa os dois únicos irmãos que tinha, aos quais pediu que o deixassem ficar por ali até que viesse nova guerra. Miguel só sabia guerrear.

— Impossível, meu caro!, responderam eles. Vivemos com grande aperto e não podemos sustentar uma criatura que nada entende dos trabalhos do campo.

O pobre soldado ficou muito triste. Viu-se abandonado no mundo, sem profissão e possuidor apenas de uma espingarda. Como iria agora ganhar a vida?

Coçou a cabeça num grande desânimo e pôs-se a andar ao acaso. Logo adiante, sentou-se debaixo duma árvore.

— Sou já muito velho para aprender um ofício, começou a refletir, e, se me ponho a mendigar, todos dirão que é uma vergonha um homem forte como eu viver da caridade pública. Tenho de morrer de fome.

Nisto, ouviu atrás de si um rumor. Voltou-se: era um homem com ares de fidalgo, de casaco verde e cascos em vez de pés.

— Conheço a sua situação, disse-lhe o homem, e posso arrumar a sua vida; mas primeiro tenho de tirar a prova se é mesmo valente.

— Pois tire a prova, respondeu Miguel, que na verdade era muito valente. Já enfrentei a morte inúmeras vezes, sem nunca tremer.

— Nesse caso, olhe lá!, disse o homem, apontando para o outro lado.

Miguel olhou e viu a poucos passos um enorme urso de boca aberta, pronto para arremessar-se.

— Olá!, exclamou alegremente. Vou já fechar essa bocarra para sempre — e, apontando a espingarda, deu um tiro certeiro que fulminou o urso.

— Muito bem!, aprovou o homem de casaco verde. Vejo que é de fato corajoso, mas essa prova não basta. Há ainda outra.

— Aceito quantas quiser, tornou o soldado, menos alguma em que tenha de vender minha alma ao diabo.

— A segunda prova é esta: durante sete anos não tomará banho, não penteará o cabelo, não cortará as unhas, não fará a barba, e também não rezará nem sequer um padre-nosso. Se morrer nesse intervalo, a sua alma ficará me pertencendo; se não morrer, estará salvo para sempre. Durante os sete anos eu lhe fornecerei dinheiro aos montes. Aceita?

Miguel vacilou uns momentos; mas refletiu que, corajoso como era, havia de dar jeito de livrar-se dos perigos durante aquele prazo de sete anos e depois viveria rico e feliz. E resolveu aceitar a proposta.

O fidalgo, então, que era o próprio diabo em pessoa, despiu o casaco verde, que entregou ao soldado dizendo:

— Este casaco não se estraga nunca e quem o veste encontrará os bolsos sempre cheios de moedas de ouro.

Em seguida, tirou a pele do urso e disse:

— Leve também isto, que servirá de capote, cobertor e cama, pois durante os sete anos só poderá deitar-se no chão.

Disse e desapareceu.

Miguel foi logo examinar os bolsos do casaco verde e viu que realmente estavam cheios de moedas de ouro. Sentiu grande contentamento e, jogando aos ombros a pele do urso, pôs-se de novo a caminho para correr mundo.

Nos primeiros tempos, levou vida regalada e, como havia sido soldado, não se incomodava de dormir no chão. Passado um ano, porém, começou a transformar-se num verdadeiro bicho nojento. Os cabelos pareciam uma maçaroca de vassoura de cozinha e as unhas até o atrapalhavam, de tão longas. O rosto e o corpo tornaram-se de tal modo imundos que lembravam um monte de esterco. Arroz plantado nele devia dar muito bem. Miguel ficou um verdadeiro monstro. Mal aparecia, as mulheres e as crianças disparavam aos gritos de socorro. Ele, entretanto, dava muitas esmolas aos necessitados, em troca de, em suas orações, pedirem a Deus que o não deixasse morrer antes dos sete anos; também gastava bom dinheiro nas hospedarias, de modo que o povo acabou acostumando-se com a sua sujeira e feiura.

No quarto ano daquela vida, chegou certa vez a uma estalagem desconhecida. O dono assustou-se e passou mão dum porrete para impedi-lo de entrar. Miguel, com toda a humildade, pediu um lugarzinho na cocheira, mas nem nisso quis o homem consentir, alegando que iria espantar os cavalos. Por fim, ao ver que Miguel tinha dinheiro, deu-lhe licença de ficar num lenheiro do quintal, mas com a condição de não mostrar-se a nenhum dos hóspedes.

O pobre Miguel já andava muito sentido da repulsa que inspirava a toda a gente e arrependido de ter aceitado a proposta do homem de casaco verde. Estava naquele dia a refletir nisso, quando ouviu soluços no quarto próximo. O seu bom coração levou-o a ir ver o que era. Abriu a porta, espiou e deu com um velho que estorcia as mãos de desespero. Ao avistar aquele monstro, o velho quis fugir — mas Miguel lhe falou bondosamente, conseguindo sossegá-lo.

— E agora, meu velho, conte-me porque está assim desesperado.

O velho contou que tinha feito maus negócios e a sua casinha ia ser vendida em leilão para pagamento de dívidas. Em vista disso, viera àquela cidade implorar o socorro dum parente rico; fora, porém, muito mal recebido, e agora estava sem dinheiro até para pagar a hospedagem. Momentos antes, a dona da casa o viera ameaçar de prisão.

— Se eu fosse só no mundo, concluiu ele, não seria nada, mas tenho três filhas em casa. Que vai ser das coitadinhas, meu Deus!

Aquelas desgraças comoveram Miguel, que disse:

— Não se amofine, meu caro. Vou arrumar sua vida.

No dia seguinte, cedo, foi ter com o estalajadeiro ao qual pagou a hospedagem do velho; depois deu a este uma bolsa de moedas de ouro com uma quantia muito maior que a necessária para a liquidação das suas dívidas.

O velho ficou assombrado a ponto de perder a fala. Por fim, rompeu num acesso de choro — choro de alegria.

— Como poderei provar a minha gratidão ao meu generoso salvador? Escute. Minhas filhas são maravilhosamente belas. Quererá casar-se com alguma? A sua aparência, meu amigo, é desanimadora, mas, quando as meninas souberem do bom coração que tem e do que fez por mim, nenhuma se recusará a aceitá-lo como esposo.

Aquela proposta agradou a Miguel, que lá se foi com o velho para a terra onde ele morava. Quando chegaram e Miguel entrou na casinha, a filha mais velha quase morreu de susto. E como o pai lhe falasse em casamento, horrorizou-se, declarando que antes preferia morrer a casar-se com semelhante monstro. E sumiu-se da sala.

A filha do meio apareceu em seguida e mostrou-se mais animosa na presença de Miguel. Mas, quando seu pai lhe propôs o casamento, riu-se com ironia.

— Que lindo noivo, meu pai! Nem figura humana tem. Prefiro casar-me com o macaco que anda a dançar pela cordinha aí nas ruas. Ao menos sabe fazer caretas engraçadas...

Finalmente, chegou a vez da filha mais criança.

— Meu pai, disse ela, se o senhor fez tal promessa a esse homem e ele é realmente o nosso salvador, estou pronta para aceitá-lo como esposo. Vejo que é feio só por fora, pois possui um grande coração — e isso é tudo.

Essas palavras encheram Miguel de alegria, sem que ninguém o percebesse. Estava tão recoberto de pelos e sujeira que era impossível notar-se qualquer expressão em seu rosto. Tomou ele um anel de ouro, que partiu em dois pedaços; num escreveu o seu próprio nome e o entregou à menina; noutro escreveu o nome de Marta, que era o dela, e guardou-o consigo.

— Conserve este pedaço de anel, menina, porque tenho de partir e correr mundo por mais três anos. Se um mês depois de passados três anos eu não reaparecer, a menina estará livre de qualquer compromisso. Será sinal de que morri.

— Mas, durante esse tempo, nunca deixe de pedir a Deus pela conservação da minha vida.

Disse adeus e partiu. A noiva trajou-se logo de preto, declarando que só usaria essa cor até que Miguel voltasse. Coitadinha! As irmãs caçoavam dela todo o tempo. "Casar-se com um urso!", dizia uma. "Vai devorá-la já na primeira noite." E a outra dizia: "Cuidado! Nada de comer doces perto dele. Os ursos são doidinhos por doce, e o seu 'marido' pode avançar". Ou então: "Os ursos dançam muito bem e é bom que a noiva aprenda desde já a bela dança do urso!".

Lá no fundo do seu quartinho, a menina chorava em segredo, mas nunca respondia às caçoadas das irmãs. Em vez disso, pedia fervorosamente a Deus pela vida do horrível noivo.

Miguel prosseguiu na sua vida errante; ia fazendo o bem por onde passava, desse modo aumentando o número dos que por ele pediam em suas orações. Isso fez com que Deus o protegesse contra todos os perigos que o diabo não cessava de lhe ir armando pelo caminho. E, assim, correram os três últimos anos.

Na véspera de completar-se o prazo, Miguel

dirigiu-se para aquela árvore onde sete anos antes se encontrara com o homem do casaco verde. Sentou-se embaixo e ficou atento. Súbito, uma rajada de vento sacudiu a floresta e pela segunda vez o diabo apresentou-se diante de Miguel. Estava visivelmente de muito mau humor.

— Ande lá!, gritou-lhe o diabo. Devolva-me o meu casaco verde, vamos!

— Mais devagar!, respondeu Miguel. Antes disso tem de pôr-me como eu era.

Nada mais justo, e o diabo não teve dúvida em cortar-lhe o cabelo, a barba e as unhas, e limpar-lhe a cara e o corpo inteiro do cascão de sujeira velha. Quando o serviço terminou, Miguel apareceu ainda mais bonito que antes. Parecia até um general.

Em seguida, o diabo afastou-se noutra rajada de vento, aborrecidíssimo com o logro, e Miguel foi juntar as moedas de ouro que durante as suas viagens enterrara em diversos pontos. Formou um montão enorme, e com esse dinheiro adquiriu um formoso castelo rodeado de lindo parque. Depois, vestiu-se de veludos e rendas, como um grande fidalgo, e numa carruagem das mais belas, puxada por quatro cavalos e da mais fina raça, dirigiu-se à humilde casinha da sua noiva.

Bateu. Entrou e disse que parara ali apenas para beber um copo d'água. Ficaram todos admiradíssimos de ver tão opulento fidalgo e ofereceram-lhe o melhor quarto para descansar. O velho tratou logo de apresentar as meninas. Miguel mostrou-se admirado de tanta beleza e disse que se consideraria muito feliz se pudesse casar-se com uma delas.

Imediatamente as duas de mais idade correram para seus quartos a fim de vestirem os melhores vestidos e enfeitarem-se da melhor maneira. Só a mais nova, sempre entrajada de preto, não se mexeu do lugar, muito tristonha. O conde então (todos tomaram Miguel por um poderoso conde) pediu licença para beber à saúde dela e, ao tocarem os copos, deixou cair no de Marta o pedaço de anel que trazia o seu nome.

Marta bebeu e, vendo qualquer coisa a brilhar no fundo do copo, mostrou-se admirada. Olhou bem: era o anel de noivado! Comovidíssima e com o coração aos pulos, tirou do seio a outra metade do anel, e juntou-as. Deu certo!

— Sossegue, Marta!, disse então Miguel. Sou eu mesmo. Sou o seu noivo de três anos atrás. Graças ao bom Deus readquiri minha forma primitiva e aqui estou para dar cumprimento à minha palavra. Quero ser esposo fiel daquela que se apiedou de mim num tempo em que todos me tinham asco.

Nesse momento, entraram as irmãs mais velhas, enfeitadíssimas de quanta fita, renda e joia havia. Vinham radiantes; mas, ao darem com o "conde" festejando a caçula, perceberam tudo e caíram de costas desmaiadas. Tamanho foi o desespero de ambas que nesse mesmo dia a mais velha se atirou num poço e a outra tomou veneno.

À noite, alguém bateu na vidraça. Miguel abriu. Era o diabo, sempre no mesmo disfarce do casaco verde.

— Atirei no que vi e matei o que não vi, disse ele, piscando infernalmente um olho. Não apanhei a sua alma, senhor Miguel, mas em compensação fisguei as almas das duas meninas...

Impressão e Acabamento
Gráfica Oceano